いまダンスをするのは誰だ？

古新 舜

◆目次◆

プロローグ　東京への野心が、フルえる

「馬場副部長、引っ越しは順調ですか？」

運転中の永里が助手席の功一に何気なく声をかけた。功一は窓の外に目を向けたまま、素っ気なく答えた。

「全て妻に任せている」

部下との会話には興味がないという素振りで、功一は流れ去る景色を終始眺めている。永里も功一の性格を知っているため、それ以上会話を続けようとはしなかった。

窓を開けていると、春の訪れを感じさせる風が功一の頬を撫でる。青年期から見慣れた鹿児島の風景と別れることに未練が全くないわけではないが、自分の腕を試せる絶好の機会を得て、功一の胸は高鳴っていた。

左腕に着けているシルバーのロレックスが視界に入る。それは、40歳で副部長に昇進した祝いに自ら購入したものだ。身につけるものがその人の品格を象徴する、と幼い頃から父親に教えられ続けたため、若い頃からロレックスや高級車は彼の憧れだった。

功一は元々北海道に住んでいたが、幼い頃に両親が離婚し、紛糾した離婚調停の末、父親のもとに引き取られた。証券会社に勤めていた父は鹿児島に転勤し、そこで再婚することになった。

プライドの高い父親は学歴にこだわり、功一をラ・サール高校に入れたがったが、当時の彼にはそこまでの学力がなく、進学したのは鹿児島市内にある中堅の県立高校だった。

新たに母となった人は鹿児島で有名な酒造メーカーに勤めていた。彼女は一人っ子であり、実家は代々その会社を経営してきた鹿児島でも有数の酒造会社だった。跡取りがいなかったため、父は証券マンを辞めて婿養子として母の会社に入った。そして功一は、「鈴木」から「馬場」へと姓を変えることとなる。

功一もその会社を継ぐように青年時代から強く勧められたが、酒造会社への入社は頑なに拒み続けた。少年期から写真が大好きだったので、カメラマンになりたかったのだ。ただ、不安定な職種であるため、それを生業にすることは諦めていた。代わりに志したのが建設の仕事だった。大学では建築を専攻し、建築業界への就職を希望した。両親とも自分たちの会社への就職を薦めたものの、彼は一切譲らなかった。父親との不仲が最も大きな理由であった。

息子の強い抵抗に根負けした両親は、地元の建設会社への就職を斡旋してくれた。そして、母親の同級生が支社長を務める建設会社「大塚建設」の鹿児島支社が功一の就職先となった。支社長の植村は現在80歳だが、年齢を感じさせない大きな存在感を放っている。大手企業の地方支社では珍しくない「社長の化石化」を象徴する人物とも評されていた。

功一がカメラを始めた頃に愛用していたのは、小学生の時にお年玉と小遣いを貯めて買った一眼レフであった。その頃は北海道の雄大な風景を撮影することに夢中になり、頻繁にカメラを持って自転車で遠くまで撮影に出かけた。公募展に何度か応募し、奨励賞を受けるほどの腕前だった。

鹿児島に引っ越してからは、桜島や錦江湾、霧島神社など、北海道とは異なる自然の景色に魅了された。北海道を静と捉えるなら、鹿児島は動の土地である。桜島は頻繁に噴火し、火山灰で街が覆われる。西郷隆盛の西南戦争や鉄砲伝来など、歴史を揺るがす出来事の舞台でもある鹿児島は、功一の写真撮影への意欲をかき立てた。

一方、酒造メーカーの婿養子となった父親は功一に勉強を強いた。母の家系は代々有名高校・有名大学出身であり、功一に対する進学の期待が高かった。しかし結局、有名高校には進学ができず、青年期は自信を持てぬままに日々を過ごした。

車が赤信号で止まったのをきっかけに、功一はふと我に返った。鹿児島を離れると決まってから、無性に思い出に浸ることが多くなった。

ハンドルを握る永里は、飄々とした表情でハミングをしている。入社15年目にしてようやく設計部の係長になった永里は、功一とは異なり、仕事ぶりもきわめて呑気である。そんな彼に好感を持てぬまま、職場を共にしてきた。

永里に関しては、職務中にハミングをすることや、メールの文章に句点を省き、（笑）や顔文字を多用することなど、気に入らないことは多々あった。仕事をする時はプロ意識に徹するべきという信念を功一は持っており、永里の職務への緩さには常々眉をひそめていた。

かつてメールの返信で永里から「り」とだけ返されたことがあった。それが「了解」の略語だと分からず、新規の建設プロジェクトが数日停滞した。そんな経験もあり、功一は部下の馴れ馴れしい表現や態度を容認できなかった。

「こんな田舎だから、仕事に対する姿勢が甘いんだ。東京本社なら、永里みたいな軽い奴はいないはずだ」と功一は期待していた。

25年にわたって勤めた鹿児島の地を離れ、本社のある東京に異動できるよう願い出たのも、鹿児島で自分の才能を燻らせたくないという強い思いがあったからだ。支社長の植村には贔屓目に扱ってもらっていたが、代わり映えのない会社の人間関係にうんざりしていた。

功一には、四月から中学二年生になる一人娘がいる。早いうちから東京の進学校に通わせ、実家に恥じない進路を選ばせたいという思いがある。自分が青年期に味わった屈辱を拭いきれず、自分の歩んだ道とは比べものにならないエリート街道を進ませて、実家の面子を保ちたいと考えていた。

胸中に潜む東京への野心的な期待に、我知らず功一は窓辺に置いた左拳を握りしめた。コツコツ……半開きの窓ガラスを、左手のロレックスが打ちつける音で、夢想は破れた。

（またこの症状か）

小さく震える左手を見て、功一は顔をしかめた。

数年前から、わけもなく左半身が震えたり、思うように体を動かしにくくなったりすることが少しずつ増えてきた。40代後半になり、当初は体力の衰えかと思い、栄養ドリンクやエナジードリンクを気休めに飲むようにしていたが、最近この症状が日に日にひどくなってきたと感じる。

「馬場副部長、どうかしましたか？」

「いや、なんでもない」

永里の問いを受け流して、功一は震えるロレックスを右手で強く握りしめた。

幸いにも、車が止まる前に左手の震えは収まった。ネクタイをきつく締め直し、功一は永里と同時に車を降りた。小高い山の中腹に、百坪ほどある二階建ての建物が凛としたシルエットで青空を切り取っている。周囲には民家やスーパーなど見当たらない。広々とオープンな空間を独り占めにしており、官能的な曲線で描かれた建物の輪郭は、アラビア数字の「8」に似た造形だ。外壁は杉の木材と大きなガラスで構成され、いかにも開放的だ。

建物に近づくと、アルマーニのスーツにネイビーのスカーフを首に纏った白髪の男性が満面の笑みを浮かべて立っていた。功一は、車内での仏頂面から一変し、突如表情を変え口角を持ち上げた。

「塩田社長、お待たせしました」

「素晴らしいの一言だよ」

塩田は、洗練された建物の外観を前に、満面の笑みを浮かべていた。

「お褒めの言葉をありがとうございます。中へどうぞ」

永里は功一に促され、ポケットから玄関の鍵を取り出して扉を開けた。塩田を先頭に、功一、永里の順にゆっくりと中に入る。永里はバッグからスリッパを三つ取り出し、上がり框の上に置いた。

「どうぞ」

永里が勧めると、塩田はスリッパを履くのももどかしそうに、早速各部屋の検分を始めた。

「土地の自然の形状をできる限り活かすために伐採は最小限にして、シンボルとする木を囲むように建物を設計しました」功一は自信満々で塩田に説明をする。

「私のイメージした通りの研修施設になっているな」

メインとなる部屋の隅々まで見まわした塩田は満足げに頷いた。

塩田はIT業界の黎明期にサーバー事業で成功を収め、その後、AI事業にも参入したやり手の経営者である。社員教育に力を入れており、若手社員が寝泊まりしながらイノベーティブな事業開発を行うために、この施設の設計を大塚建設に依頼した。社内で手がけたがる人間が何人もいる中、功一が担当できたのは、地元に強く根を張る母方のコネクションのおかげだった。

「二階はあえて仕切りを設けず、広々としたスペースを確保しています。社員さんたちがさまざまなワークに取り組めるよう、設計を少し調整しました」

最近、企業の研修施設ではこのようなスペースが流行っている。ワークショップ形式で、席やテーブルを自由に移動させ、模造紙にポストイットを貼ったり、ペンでイラストを描いたりするらしい。

功一自身はそのような研修を今まで受けたことがなかった。基本的に一人で黙々と図面を書き、必要な時だけ同僚や現場監督と打ち合わせをするのが、彼の仕事スタイルだった。ワークショップなど単なる遊びでしかない――内心ではそう決めつけていた。

「うちは積極的に社員同士でワークショップをやらせているんだ。これからの時代は、若手社員がいかにリーダーシップを取れるかが経営の鍵なんだ」

「おっしゃる通りです」

功一は心にも無いことを言葉にした。心の奥では「そんな面倒なことしなくても、仕事ができる人間はいるんだ、俺のように」と呟いていた。

「ワークショップ用の椅子や机などの搬入は、馬場副部長の異動の後に私が引き継ぎます」永里はそう塩田に話した。

「え？　馬場君、鹿児島を離れるの？」

「ええ、かねてから東京へ異動願いを出しており、ちょうど席が空いたみたいで……」「そうか、今までさんざん世話になったな」

「こちらこそ、塩田社長には数えきれないご依頼をいただきました」

塩田は、功一の母親と同じ高校の後輩である。繋がりがあった先輩の息子ということで、功一が大塚建設に入社して以来、大変贔屓にしてくれていた。鹿児島支社における功一の評価が高いのは長年、優良案件を定期的に依頼してくれた塩田のおかげと言っても過言ではない。

「東京でも元気にやりたまえ」

「はい」功一は鞄に手を入れ、建物の引き渡しを証明する書類を取り出そうとした。しかし、鞄に入れた左手が小刻みに震え、書類をうまく掴めない。

「どうしましたか、副部長？」いぶかしげに永里が尋ねた。

「いや、なんでもない」

功一は拳に力を入れ、指先に力を込めた。なんとか書類を取り出し、塩田に手渡した。

車に戻ると、功一はネクタイを緩め、ため息をついた。

「お疲れ様でした」永里が運転席から声をかけてきた。

「塩田社長の件は、次回以降もよろしくな。長年のお得意様なので、私がいなくなった後でも、特に丁寧な対応を心がけるように」

「あれ？　聞いてないですか。家具の搬入が終わったら、僕もいなくなりますよ」

「何？　君も異動なのか？」

「いえ、独立します」

永里の突然の告白に、功一は目を丸くした。

「あ、馬場副部長は、先週の懇親会に出てないですもんね。そこでみんなに打ち明けたんです」

功一は、会社の懇親会には全く顔を出さなかった。職場の人間と関わるのは勤務時間だけで十分と考えていた。給与に関係しないところで、会社やクライアントの話をすることに価値を感じないからだ。面倒なことに関わりたくないし、社員同士の愚痴を聞いたり、プライベートな話題に触れたりすることは、無駄な行為だと考えていた。

「独立といったって、このままこの会社にいれば課長になり、ゆくゆくは部長になれるんだぞ」

私のポストが空くわけだから、必然的に昇進が決まるはずなのに、この男はなんて愚かな選択をしたのだろうか。功一には永里の浅慮が理解できなかった。少なからず私に相談をしていれば、正しい判断ができたものを。そう思うと、目の前の部下がひたすら哀れだった。

「馬場副部長も東京では、いよいよ馬場部長ですよね。鹿児島のように良い仕事してください」

東京に行けば塩田社長のコネは無くなるが、仕事の幅は確実に広がる。これまでの自分の活躍を思えば、東京本社の社員にも引けを取らない自信はあった。東京本社の部長が昨年急逝したことでポストが空いたのは、功一にとってまさに棚からぼたもちだった。

娘の鈴涼《りず》もこれから高校進学を迎えるにあたって、鹿児島よりも東京の学校の方が選択肢が増える。そのことは妻の恵も鈴涼のためになる環境の変化と捉えてくれていた。

今回の転勤は、功一にとっては全ての条件が揃った絶好の機会だった。功一は、まもなく49歳になる。新たなステージに向けて飛躍したい。まだこの年齢なら収入を上げることもできる。

住んでいる社宅を離れ、ローンを組んで都内のマンションを購入し、悠々自適の生活を送りたい。このロレックスも50歳になった時には18金のタイプに買い換えるんだと、左手の時計をまじまじと見つめた。

「馬場副部長、サイドミラーが見えないですよ」

気づくと功一は前屈みになっていた。

「すまない」

功一は体勢を戻して、座席にもたれかかった。この一年は手足の震えにくわえて、気がつくと前屈みの姿勢を取っている、ということもたびたび起きていた。体の変調はそれだけではない。功一は左利きなので、文字も左手で書く。その文字がなぜかだんだん小さくなってきた。歩行中、階段で躓くことも増えた。脳の異常を疑い、ＭＲＩやＣＴを撮ったが、異常は全く見つからなかった。

医者からは疲労やストレスから来る一時的な異常だろうと言われ、ビタミン剤を処方されたが、改善される兆しは全くなかった。症状は時間とともにひどくなる一方だった。功一は、永里に気づかれないよう、ポケットに忍ばせていたビタミン剤を飲み、気を紛らわせようと車窓の遠くを見つめた。すると、ラグビーボールが飛び出したような外観の建物が突如現れる。功一はその建物に目を奪われた。

「永里君、あそこに立ち寄ってくれるか？」

永里は、功一の指差す方に顔を向ける。

「輝北天球館ですね。いいですよ」

十字路でハンドルを左に切り、車はその建物の方へ向かった。駐車場で車を降り、二人は建物の側まで近づいた。

「いつ見ても素晴らしいですよね」

「そうだな」

鹿児島を代表する建築家、髙﨑正治氏の代表作『輝北天球館』。功一が、鹿児島に引っ越してきてから、家族旅行で初めてこの大隅半島にドライブに来た際に心を打ち抜かれた建物だ。当時は竣工されたばかりということもあり、人で溢れかえっていた。

建造物の概念を覆すようなダイナミックなたたずまいと宇宙への広がりを彷彿とさせる壮大なフォルムに、青年期の功一は呆然と見とれたのを今でも鮮明に覚えている。田舎の地にこんな建築物を造ってしまう作家がいるのだ――。

この時、功一は、その建築家のように人に感動を与える写真家になりたいと強く願った。その後、風景に限らず、髙﨑のようなアーティストの作品を写真に収めることに学生時代は没頭した。写真熱が止まらず、勉強もおろそかになるほどで、そのことを危惧した両親からは、写真を止めるように諭された。

功一は、天球館の前で息を呑みながら、思春期から長らく過ごした鹿児島での思い出が走馬灯のように頭を巡った。鞄に入れていたお気に入りの一眼レフのカメラを取り出すと、レンズを建物の前に向けた。彼の心を大きく揺さぶった建物を、今一度収めようとシャッターを切ろうとしたが、左手が震えてしまいピントをうまく合わせることができない。なんとか収めた数枚の写真は、どれもひどくぼやけていた。

第1章　50代直前の東京砂漠

1

　東京本社への出社初日、功一は早速満員電車の洗礼を受けた。噂には聞いていたが、これほどの混雑だとは思ってもいなかった。

　鹿児島でももちろん、路面電車やバスが満員になることはあるが、それにしても、この混み具合は異常だ。足の踏み場もないというのはまさにこのことである。

　早く駅に着いてほしいと祈りつつ、息苦しい思いに耐え、なんとか会社の最寄り駅である茅場町に到着した。電車から流れ出す人の奔流を目の当たりにし、目眩がしそうになった。大都会での生活が初めての功一にとって、この現実にはため息を漏らさずにはいられないものだった。

　人の流れに身を任せてホームから改札に向かっていると、エスカレーターの前で人の歩みが急に遅くなった。何ごとかと人混みの先に視線を向けると、『終日工事中』の黄色いプレートが掲げられていた。

「こんな日に限って……」

思わず舌打ちをし、エスカレーターで作業している作業員を睨みつけた。雑踏の中で本格的に呼吸が苦しくなり、思わずネクタイを少し緩めた。日に日に動かしづらくなってきている左足を踏ん張り、階段の感触を確かめるように一歩一歩上がっていく。

息も絶え絶えに改札に着いたが、地上へと向かう階段はまだ続いている。エレベーターを探したが、案内板から推測するに、ずいぶん離れた場所に設置されているようだった。

「最悪だ」

ようやく地上に辿り着いた功一は、ひどく消耗していた。初出社にここまで体力を削られるとは思ってもみなかった。左腕のロレックスは、すでに八時四十分を指していた。九時から年度始めの全社員総会が開かれることになっている。功一は慌てて車道に身を乗り出して、左手を挙げると、通りかかったタクシーに飛び乗った。

幸い、車の流れはスムーズだったので、会社まで10分とかからずに到着することができた。タクシーを降りると、功一の前には20階建ての高層ビルが立ちはだかっていた。

「ここが、東京本社のビルか」

建物の15階と16階が大塚建設のフロアであった。功一は思わずビルを見上げ、背筋を伸ばした。うまく動かない左脚に力を入れ、姿勢の歪みを覚られぬよう意を用いながら、早歩きでエレベーターを探した。

エレベーターは数機並んでおり、それぞれの脇には異なる数字が掲示されていた。右往左往しながらも、功一はそれがエレベーターの停まる階を示していることに気がついた。高層ビルなので、停まる階を割り振らないとエレベーターがなかなか上まで辿り着けないのだろう。鹿児島ではとうてい考えられない仕組みだった。

15階に辿り着くと、目の前には「大塚建設」の大きなロゴが掲げられていた。コーポレートカラーの青を基調とし、大塚の「大」の字が象徴的にデザインされている。このロゴを見るたびに、古びた昭和テイストのデザインだなと毎回感じる。

緊張の面持ちで功一は本社の玄関をくぐると、そこは鹿児島支社の雑然としたオフィスとは異なり、フロア全体が一望で見渡せる開放的な空間であった。室内から東京の風景を見晴らせるように視界が開け、外光が室内にさんさんと差し込んでいる。

想像していなかった本社の環境に唖然としながら、お上りさん丸出しの姿で設計部を探す彼の前を、茶髪にパーマの中年男性が颯爽と通りかかった。普段なら、「社会人らしからぬ髪型」と嫌悪するところだが、清潔感があるため許容できたこともあり、思わず声をかけた。

「すみません。設計部はどこですか？」

男性は首を傾げたが、功一が本社に初めて出社してきた社員であることに気がついたようであった。

「ああ、そこだよ」と男性が指を差した先には、『設計部』の看板が掲げられている。功一はか細い声で、「ありがとうございます」と伝え、そちらに向かって歩を進めた。

設計部では、すでに部署の社員が全員席に着いていた。事前に聞いていた話では、設計部は「第一」と「第二」に分けられており、功一は『第二設計部』の部長に任命されるという辞令を受けていた。

空いていた上座の席に腰をかけると、社員たちの視線が一斉に集まった。どの社員も思いがけず仏頂面に見えたため、挨拶の第一声に詰まってしまった。すると、一番下座の席に着いていた女性社員が口元を緩めて、「馬場部長ですよね。おはようございます」と声をかけてくれた。

「ああ、そうだ。おはよう。みんなよろしく」と囁くように返す。

それを待っていたかのように、がたいのいい男性社員が、「馬場さん、すぐに朝礼が始まりますので、まずはそちらに向かいましょうか」と促した。彼の雰囲気にくわえて、部長に最も近い席に座っていることから、彼が副部長だろうと分かった。功一は頷き、他の社員と共に朝礼の行われる16階へと向かった。

16階には社長室と総務部、そして複数の会議室があった。朝礼は総務部のスペースで全社員が車座になり行われるようだった。集まった社員は、総勢百名程度。役員から平社員までが勢揃いしている。

社員が全員揃うと、社長である大塚が最後に姿を現した。ダンヒルのスーツに鼈甲縁のメガネといういでたちには、長く社長職に座る人物の貫禄が感じられた。

大塚は婿養子としてこの会社を支えてきた二代目社長だ。妻の典子が副社長兼経理部長として、彼を補佐している。功一が社長と会うのは、鹿児島支社を視察に来た際に遭遇して以来、これで二度目であった。

社長と副社長が定位置に着くと、社員の顔が一斉に強張った。

「みんな、おはよう！」大塚の野太い声が響き渡る。剛毅な性格そのままの声につられて、「おはようございます！」と社員たちも唱和した。

「まず今日は、辞令報告が2件ある。神田君、馬場君、こっちへ」と、大塚が神田と功一を手招きして呼び込んだ。社長をはさんで、功一と真反対の位置に立つ男性が颯爽と大塚の傍へと歩み寄る。先ほど営業部の場所を教えてくれた茶髪パーマだった。

功一が男性に視線を送ると、男性も功一のことを一瞥し、口元に小さな笑みを浮かべた。

彼の視線が呼び水になったかのように、全社員の眼差しが功一に向けられた。体の不調を覚られぬよう、功一はいつにも増してしっかりと脚を上げ、歩を進めた。

「よろしく！」大塚が差し出してきた右手を、功一も右手で握り返した。本来なら両手で握り返し、忠誠心を示したいところだが、震える左手を覚られるわけにはいかない。功一は誤魔化すように、作り笑顔を大塚に向けた。

「今日から第二設計部部長に就任した馬場功一君だ。彼は鹿児島支社に二十五年勤め、向こうで高い評価を得てきた。前任の田端部長の後任として、第二設計部部長を務めてもらう」

前任の田端は年が明けてすぐに、50代前半で心筋梗塞によって急逝してしまったそうである。

ぽっかり空いたそのポストに、功一が出した本社への異動願いがぴったりと嵌り、今回の抜擢に繋がった。

「そして、第一営業部の部長には、神田副部長が昇格した。神田君、よろしく！」

大塚の握手に神田は両手で握り返し、満面の笑みで応えた。功一よりも10歳くらいは若く見える。いかにも頭の切れる都会の営業マンという風体だ。

功一は社長から挨拶をと促され、マイクを手渡された。話すことは事前に考えてきたのに、その瞬間、頭が真っ白になった。緊張のあまり、声が出ない。

すっかりフリーズしてしまった功一を見かねて、神田がすかさず横からマイクを取り上げ、挨拶を始めた。

「えー、第一営業部の部長を仰せつかりました神田です。企業はいまDXやWell Beingなど職場環境のアップデートが求められています。社員一人ひとりのプレゼンスが発揮できるよう、部署一丸となって、当社の業績を伸ばして参ります」

短く要点だけを語った神田の挨拶に、自然と大きな拍手が湧き上がる。堂々とした姿に、社員たちは一同魅了されていた。

神田の横文字連発に、功一は強い反発を感じた。田舎者にそんな言葉は使えまい、と遠回しに言われているような気がしたからだ。

笑顔の神田からマイクを返され、功一はか細い声で挨拶を始めた。

「鹿児島から異動になりました馬場です。皆さん、よろしくお願いします」

頼りなさげに聞こえる挨拶に、社員はパラパラと拍手を送った。丸まった彼の背中に社長から平手打ちの活が飛んできた。

朝礼が終わり、席に戻ると、功一は部署の社員を集めた。

「改めて、本日からみんなの上司となった馬場だ。東京と鹿児島の社内の雰囲気が全く違うので、だいぶ戸惑っているが、いろいろと教えてほしい」

鹿児島時代は、母の縁故入社だったため、社内の人間関係は、現支社長の植村が全て調整してくれた。功一の指示に背く者などおらず、反論する人間も全くいなかった。功一にとって、自分の力でチームをまとめる経験は、実はこれが初めてとなる。

「まず、みんなの自己紹介をしてくれないか？」

第二設計部は、功一を入れて男性５名、女性１名という所帯だった。見知らぬ新たな上司を迎え、どことなくぎこちない雰囲気の中、副部長と思しき体格のいい男が口火を切った。

「品川と言います。この会社に入社して16年なので、社内のことはだいぶ分かっているつもりです。本当は、自分が部長になるはずだったのですが、鹿児島から優秀な先輩が来られるということで、引き続き勉強したいと思います。よろしくお願いします」

言葉の端々に自分に向けられたトゲを感じて、功一は眉をひそめた。朝方、初めて顔を合わせた際に、彼の視線が厳しかった理由が分かった気がした。理系のプロパー入社で16年なら、ちょうど四十路だ。いよいよ自分が座れると思っていた席を見知らぬ社員にさらわれたら、面白くはないのは当然だろう。

重苦しい空気を追い出そうとするかのように、品川の隣にいた男性社員が口を開いた。

「私は袋昌也です。転職組です。父親の関係もあり、以前は家電メーカーに勤めていました。昔からの夢が諦めきれず、8年前にこの会社に転職し、セコカンを担当していました。学生時代はガウディに憧れ、社会人になってからは、ジェフリー・バワに傾倒しました」

「セコカン」とは、「施工管理」の略で、建設工事を円滑に進めるために現場を取りまとめる業務を指す。スケジュール調整や予算管理、設計者との打ち合わせを行う重要なポジションである。プロジェクトが首尾よく完了するかどうかは、セコカンの手腕に掛かっている、と言っても過言ではない。

袋がさらっと告げた仕事内容もさることながら、功一はジェフリー・バワの名前が出たことに心を動かされた。サグラダ・ファミリアで有名なガウディに憧れて建築に興味を持つ人間は数多くいるが、バワは功一にとっても、鹿児島の髙﨑正治と同様、自分の人生に影響を与えた偉大な建築家である。

彼はスリランカを代表する建築家で、建物とそれを取り囲む外部空間を、連続するものとして扱うことに価値を置いた。地域の環境や建物の開放性を重視した視点は、髙﨑の世界観にも通ずるものがあり、功一にとってカリスマ的な存在だった。

「バワか。私も大好きだ。よろしく」

彼とならうまく関係を築いていけそうだと、功一は感じた。彼をハブにして、部署内のメンバーとの関係性を深めよう。

「俺は、新橋文武。学生時代はダンスをやっていて、ダンサーを目指してました。80か国をバックパッカーとして回ったことがあります。その時に、いろんな友人と出会いました。奴らからの紹介で、飲食、アパレル、インテリアと渡り歩き、この会社に来ました。よろしゃす」

功一は顔を引きつらせながら、無言で頷いた。上司に対して「俺」という一人称を使ったことはもちろん、まともな職に就かず放浪した過去を自慢げに語る様子、さらには最後の『よろしゃす』まで、全てが受け入れがたかった。

一瞬、言葉遣いから正そうかとも思ったが、初日から高圧的な姿勢をとるのはメリットはないと考え、思いとどまった。軽く咳払いして、次の社員に自己紹介を促した。

「それじゃあ、向こうの君、自己紹介を……」

「私は渋谷聖と申します。入社してから2年目になります。まだまだ未熟で、先輩方には大変お世話になっております。どうぞよろしくお願いいたします」

いかにもクセが強そうな新橋とは違い、世間ずれしたところがない渋谷は、まだまだ学生に見えた。よく言えば素直。部下の中では一番伸びしろがありそうだし、上司の言うことにも従ってくれそうだ。

「私もここでは新米だが、経験という点では、少なくとも君の百倍は苦労してきたと自負している。この業界は厳しいが、しっかりと取り組めば、仕事の真の醍醐味が分かるはずだ。ひたすら努力を続けてくれ」功一は檄を飛ばした。

最後に功一は、一番遠い席に座っている女性社員に目を向けた。上司の視線に気づいた彼女は慌てて背筋を伸ばした。

「大崎と言います。下の名前は花の咲くに良いと書いて、咲良です。入社4年目で、測量を初めとする現地調査が好きです。自分の能力を活かせるこの仕事にやりがいを感じています」ハキハキと語ると、彼女は小さく頭を下げた。

鹿児島では、設計部に女性はいなかった。自分の部に女性がいることに、功一は抵抗を感じた。業界の就労環境が変わりつつあることは理解していたが、建設という泥臭い世界で、女性が成果を上げられるとは到底思えない。

彼女はまだ新人だし、女性ということで、きっとちやほやされてきたに違いない。功一は、男性も女性も同じように扱う方針ではあるが、大崎が自分のやり方に順応するとは思えなかった。

「女性活躍が期待されている昨今だから、大崎君の活躍を楽しみにしている」

とりあえず、そんなおためごかしを口にした。自分の立場を守るために、部下との関係はなるべく良好に保ちたいという思いがあった。

自己紹介が終わると、功一は大崎に案内されながら、総務部、経理部、人事部、営業部と挨拶回りをした。営業部の新部長に就任した神田は不在だったので、功一は少しホッとした。設計部と営業部は繋がりが深いが、功一は神田との接触は極力避けたいと思っていた。

挨拶を終え、廊下を歩いていると、大崎が遠慮がちに声をかけてきた。

「馬場部長、あの、大丈夫ですか？」

「え？　ああ……」知らない間に背中を丸め、屈むような格好で歩いていたことに気づいて、功一は笑みを作った。「鹿児島からの引っ越しで、ちょっと腰を痛めたかもしれない。大崎君。トイレに行ってくるから、君は先に部に戻っていなさい」

功一は追い払うように彼女と別れると、近くのトイレにすかさず駆け込んだ。鏡の前に立ち、自分の顔と対峙した。

「大丈夫だ。俺は大丈夫だ」

自らに言い聞かせながら、ポケットに忍ばせていた錠剤を2錠口に放り込んだ。右手で頬を撫でながら、少しやつれた自分の顔の感触を確かめた。

「まだ40代なんだから……」

東京にやって来る直前、たまたま仕事先で知り合った内科医に、「うちでは正確な診断はできないが、パーキンソン病では？」と言われた。

パーキンソン病……それまで全く聞き覚えのない病気だったが、その医師の話やネットの情報から、国が指定する難病であり、全国で30万人近くが罹患していることを初めて知った。主に高齢者が罹る病気とのことなので、40代の自分が罹ることなど到底考えられなかった。

内科医からは、大きな病院で診察してもらった方がよいと言われたが、頑なに病院に行くことを拒んでいた。代わりに、母の友人の医師から特別に処方してもらったパーキンソン病に効くと言われる薬を飲んでいる。服用した直後は症状がしばらく改善されるのは事実であった。しかし最近では、その効き目が悪くなってきたように感じられる。

鹿児島を離れ、薬を個人的にもらえる関係が絶たれてしまったこともあり、功一はやむなく、医師が紹介してくれた都内の大学病院に行かねばと思い始めていた。

部署に戻り、午後は淡々と業務をこなした。その中で、今期から始動する大規模プロジェクトのことを袋から教えてもらった。

――「松野病院」の新病棟建設である。

創立50年を超える私立病院であり、病床数は区内でもトップテンに入る。新病棟の建設は、第二設計部にとって、今期最大のプロジェクトであった。転勤していきなり、想像もしていなかった規模の案件を背負うことになり、功一は初日から部長職が担う重責をひしひしと感じていた。

終業を伝えるチャイムが鳴ると、新橋が真っ先に声を上げた。

「うっしゃ！　今日の業務終わりだ！」

「まだ新年度が始まったばかりだからな。今日は定時に上がるとしようか」品川が野太い声で続く。

「そうだ、歓迎会やりましょうよ。馬場部長の」人崎が両手を合わせて、部署の面々の顔色を窺った。

「いいですね。そうしましょう！」

渋谷や袋も賛成の声を上げたが、功一は首を横に振った。

「いや、けっこうだ」鞄を抱えて席を立った。「お疲れ。明日もよろしく」

新しい上司の素っ気ない対応に、社員たちは呆気にとられた。そんな社員たちを尻目に、功一は一人会社を後にした。

夕闇が迫る高層ビル街を、功一はとぼとぼと歩いた。鹿児島でも、功一は呑みの誘いを一切断っていた。社内の関係は、会社の業務内で十分であり、それ以外の人付き合いは無駄だと考えていた。収入に直結しないことは時間の無駄だ。余暇の時間は、趣味となった写真撮影のために確保しておきたいと常々思っていた。

2

東京の複雑な路線に迷いながらも、スマホの案内を頼りになんとか乗るべき列車に辿り着き、ようやく自宅のある三鷹駅に到着した。鹿児島に比べて東京は圧倒的に人口や企業、路線の密集度が高く、まるで迷宮のようだ。大学時代に仲良くなったカメラ好きの唯一の同級生が東京に就職し、その際に東京の人混みに驚いたという話を思い出す。駅に設置された電光掲示板はめまぐるしく表示が更新され、理解が追いつかない。初めての東京生活は、功一にとって難易度の高いゲームのようだった。

新しい職場での緊張と通勤の疲れが重なり、三鷹に着く頃にはへとへとであった。駅から自宅まではバス移動だが、すし詰めの車内の後の揺れに耐える体力は残っていなかった。転がり込むようにして、駅前に待ち構えていたタクシーに乗り込んだ。運転手は功一に丁寧に挨拶をしたが、功一は無愛想に行き先だけを伝え、すぐさまネクタイを緩めた。

マンションは10階建てで、築年数は30年。知人からは台東区や港区が住みやすいと聞かされていたが、中古のファミリータイプでさえ６０００万円以上と高額だった。定年までのローンを考えると３０００万円台が限界だろう。ネットで物件を探してもなかなか目ぼしいものが見つからず、ようやく辿り着いたのが、三鷹駅から徒歩20分のこの場所である。

建物は木々に囲まれており、コンビニやドラッグストアが近くにある。商店街からは離れているものの、閑静な住宅街の雰囲気が魅力だった。不動産屋からも、価格のわりに間取りも日当たりも良好だと勧められ、他の購入検討者に先を越される前に、と即決で契約を結んだ。

鹿児島時代は社宅だったため、功一にとってようやく手に入れた念願のマイホームである。

しかし、その喜びに浸る余裕など全くなかった。仕事のことで頭がいっぱいな上に、体の症状の負担が大きく、先々の不安ばかりが募っていた。

「帰ったぞ！」

玄関を開けると、彼を出迎えたのは焼き魚の匂いだった。

「おかえりなさい」と妻の恵が玄関に駆け寄ってきた。功一は恵に鞄を手渡し、ジャケットをソファに放り投げた。

「お風呂にする？　それともご飯？」

「ああ、飯だ」

リビングのソファにどっかりと腰を下ろす。別のソファには娘の鈴涼が寝転がっており、気のない様子でテレビを見ていた。

「おい、鈴涼。音が大きいぞ」

「あ、悪い」

鈴涼はリモコンを手に取り、テレビの音量を下げた。父親を一瞥すらしないその態度に、功一は思わず声を荒げた。

「おい！　俺が帰ってきたんだぞ！」

「だから？」

「おかえりなさいとか言えないのか」

「そんなことで大声出さなくてもいいじゃない。バッカみたい」

鈴涼はリモコンを振りかざすようにして、テレビの電源を消し、自分の部屋に小走りで戻った。功一は吐き捨てるように独り言を呟いた。

「お前のことを思って買った家なのに、そんなことを言われたんじゃ、俺もやってらんないよ！」

恵がお盆にビールとグラスを乗せて、功一のもとにやってくる。

「まあまあ、反抗期なんだから、許してあげなさい」

「親に向かってあんな態度はないだろ」

功一は逆さにしてあったグラスをひっくり返し、無言で恵に差し出した。恵は眉間に皺を寄せながら、グラスにビールを注いだ。功一の持つグラスの手が小刻みに震え、ビールがテーブルにこぼれてしまった。

「あなた、グラスを置いた方がいいわよ」

恵は功一の症状を察したように優しく促した。功一は渋い顔を見せながらも、妻の指示に従った。並々と注がれたビールを一気に飲み干すと、部屋中に響き渡るほどのため息を吐き出した。震える手をゆっくりと動かして、慎重に箸を掴むと、無言で目の前の鯖に箸を付け始めた。

「本社の様子はどうだった?」と恵が尋ねる。

「ああ、初日だからな。まだよく分からないよ」

「綺麗だったでしょ。日本橋の一等地だから、さぞすごかったんじゃない」

「少し黙っててくれないか。俺は疲れてるんだよ」

「はいはい」

恵はやれやれといった表情で席を立ち、自分の部屋に向かおうとしたが、ふと足を止め、諭すように言った。

「向こうで紹介された病院には行ってね。症状が前よりひどくなっている気がするから。紹介してくれた鹿児島の先生の立場もあるし……」

功一は言葉を返すことなく、黙々と鯖を突いた。

3

翌日の午後、会社から半休をもらった功一は、御茶ノ水にある大学病院に向かった。鹿児島でパーキンソン病に効く薬を渡してくれていた医師からの紹介である。病院に向かう途中、駅の階段で何度も躓きそうになる。そのたびに、「俺はパーキンソン病なんかではない」と自分に言い聞かせた。

病院の受付で持参した紹介状を見せると、「脳神経内科」に向かうように案内された。点滴をつけて歩くパジャマ姿の患者や寝台に横たわって運ばれている人の姿を見ながら、「俺はこいつらとは違う。これから東京で活躍するために来たんだ」と小さく呟いた。

「脳神経内科」の待合場には、10人程度の患者が座っていた。高齢者が大半で、体を左右に揺らしたり、手を小刻みに振るわせたりしていた。周囲の人たちの姿を見回しながら、不意に自分の左手に目を向けると、そこには電池が切れかけたおもちゃのように頼りなく震える手があった。

ぼんやりとそれを眺めていると、「馬場さん、5番にお入りください」というアナウンスが響いた。辺りを見回して、青色で大きく「5」と書かれた部屋を見つけ、ドアを軽く一回ノックして中に入った。

医師はパソコンに映し出された電子カルテをじっくりと読んだ後、功一の方に向き直った。ツルリと面長な顔は表情が読みにくく、功一は少なからず不安を覚えた。

「宮永先生のご紹介ですね」

「はい、馬場です」

「医師の師岡と言います。なんでもパーキンソン病のような症状が出ているとか」

「多分違うと思うのですが、震えが頻繁に出ていて……」

功一は震える左手を思わず右手で覆い隠した。師岡は優しく微笑んだ。

「馬場さん、両手でこれやってみましょう」

師岡は、両手の親指と人差し指を素早くくっつけたり離したりしてみせた。

「さあ、やってみて」

功一は、恐る恐る指を顔の前に掲げ、動作を真似しようとしたが、左手だけが震えてしまい、指がすれ違ってしまった。困惑している表情を見て、師岡は静かに頷いた。

「これはどうでしょうか？」

師岡は両手をパーにして左右に回転させてみせた。功一はすかさず同じ動作をしてみようとするが、左手がうまく動かない。師岡は静かに瞬きをした。

「症状はいつから？」

「４年前からです」

「どんな症状が出ましたか」

「左手が震えてパソコンのキーボードが打ちづらくなり、その後、左脚が動かしづらくなって、階段でよく躓くようになりました」

師岡は功一の話す内容をカルテに丁寧に打ち込んでいった。話が終わると、師岡はゆっくりと功一の顔を見つめた。

「おそらく、パーキンソン病でしょう。馬場さんはまだ若いから若年性パーキンソン病に入るかと思います」

「若年性パーキンソン病……」

功一は身震いをした。自分には関係ないと思っていた病名を、二人の医師から告げられたからだ。難病に罹る確率は低いはずで、そんなものに自分がなるなんて到底考えられなかった。

「宮永先生から処方されていたＬドパが効いていたと、紹介状のメモに書かれていることも、パーキンソン病と思われる要因の一つです。後日、血液検査をして、ＭＩＢＧ心筋シンチグラフィーという、心臓の交感神経の働きを調べる検査を一日かけて受けていただきます」

「明日やってもらえませんか？」

「え、明日？　明日は土曜日で、外来は午前中しか……」

「お願いします。転勤してきたばかりで、平日に会社を空けることができないもので」

功一は焦っていた。有給休暇や半休を取れば、業務に大きな支障が出る。新参者の自分がスタートから休みを取るなんて、他の社員からは白い目でしか見られないだろう。何より、自分が４年間向き合ってきたこのお化けのような症状の原因を早く突き止めたいという気持ちが強かった。

「まあ、通常は対応できないのですが、研修医時代にとてもお世話になった宮永先生のご紹介でもあるので……」

師岡は看護師を呼び出し、検査の段取りを伝えた。

恵はキッチンでカレーを煮込んでいた。最近、功一が箸を掴みづらそうにしているので、少しでも彼に気を遣った食事を作ってあげたいと選んだメニューだった。

4

早いもので、結婚して15年が経つ。彼と出会ったきっかけは、恵の叔父が大塚建設の鹿児島支社に勤めていたことだった。恵は社交的で明るい性格であり、一方、功一は寡黙で内向的だった。最初は相性が合わないと感じていたものの、功一が建てる建物や撮る写真に惹かれ、彼への関心が次第に深まった。

霧島神宮でのデートの際、熱心に風景を撮影する功一の姿を見て、恵は不思議と心惹かれる感じを覚えた。それ以降、自然な流れで頻繁に功一と出かけるようになった。

恵は出版社に勤務した後、フリーのライターをしている。独立したての頃は、ご当地グルメや観光名所の紹介がメインだったが、今は大人の女性をテーマにした取材を得意としている。

結婚した当初、功一に対して大きな不満はなかったが、子どもができ、功一が昇進するにつれて、家事や子育ては全て恵に任され、夫婦の会話は次第に減っていった。娘の鈴涼が小さい頃は家族でドライブに出かけることもあったが、彼女が小学生になるとそれもなくなった。

カレーを煮込みながら、恵はぼんやりとこの15年を振り返った。

「……早かったな」

これからの人生も、こんなふうになんとなく過ごしているうちに、あっという間に過ぎ去っていくのだろうか……。カレーが音を立てて煮立ち始めたので、恵は慌ててコンロのスイッチをオフにして、鍋に蓋をした。

水道で手を洗い、リビングに向かい、愛用のノートパソコンを開こうとした。その時、鈴涼がバタバタと恵のもとに駆け寄ってきた。

「ねえ、ママ。いいでしょ?」

鈴涼が差し出したのは、ポップな色使いでデザインされたダンススクールのチラシだった。裏面が申込書になっていて、そこにはちゃっかり名前や住所が書き込まれていた。

「新しい学校でできた友達に誘われたの」

両手を恵の肩に絡ませ、鈴涼は鼻声でねだる。

「水泳の時は続かなかったじゃない」

小学五年生の時に通わせたスイミングスクールは一週間で退会してしまった。

「あれは、一人だったから。今回は大丈夫!」

鈴涼は恵の前で手を合わせ、懸命に頼み込んだ。娘の必死の表情を見つめながら、恵は功一のことを考えていた。功一は、自分には無縁で無価値と考えている事柄の話をされるのを極端に嫌う。この話をした瞬間に見せる功一の表情が彼女には容易に想像できた。

「パパの許可、自分でもらってよ。こそこそしていて、怒られるのは私なんだから」

家のことは恵に任せつつ、自分の知らないことがあると瞬間的に怒りだす功一の性格は、結婚当時から変わっていなかった。

「ママから説得しておいてよ。めんどいじゃん。またブーブー言われるの。勉強頑張るから、ね！」鈴涼は恵に必死に頼み込んだ。

鈴涼から無理やりチラシを渡された恵は、記載されているコピーを無言で読んだ。「初心者大歓迎!!　受講生募集中！　ダンスの技術習得と子どもたちの心身の成長をプロの講師たちが徹底的にサポートします！」と書かれている。

母親がチラシを読んだのを確認すると、鈴涼は足早に自分の部屋に戻っていった。

恵は小さくため息を吐いて、ノートパソコンを開いた。恵がいま担当している仕事は、『フェミニン・ライフ』という中高年女性向け週刊誌の記事制作だった。「中高年の結婚観」という特集を扱うよう連絡を受けた時、心臓の鼓動が急に高まるのを感じた。

今回の仕事は、離婚評論家の池浦浩美によるインタビューをまとめるというものであった。池浦は、女性活躍の流れで大きな注目を浴びている文化人で、多くの夫婦が彼女の意見を参考に円満な離婚をしているという。

恵は、昨日ZOOMで収録した動画のアーカイブを開いた。動画には左側に池浦、右側に恵の顔が表示されている。池浦が用いているZOOMの背景画面は、ロココ調の王室めいたインテリアだ。彼女の性格を象徴しているようで、興味深かった。

「昨今、離婚する夫婦が増えてきていますが、池浦さんはどのようにお考えでしょうか？」

恵の質問に、池浦は間髪を入れずに口を開く。

「結婚なんて概念がもう古いんです。どうして籍を入れてまで、男性に尽くさなければならないのでしょうか。夫婦だからといって、同じ方向を見ているとは限りません。妻が見ている『私たち家族』と、夫にとっての『僕たち家族』、これが大きく違うことがあるんですね。特に違うのが、子どもに対しての価値観。その中で、妻が我慢し続けてしまうと、夫はどうなりますか？ つけ上がるんです」

昨日、一度聞いているにもかかわらず、池浦の断定的な言葉を耳にした瞬間、恵の背筋にはビリビリと電流が走った。

「彼が変わらなければならないのに。全ての親が子どもを愛することができるとは限らない。子どもにとって毒になる親もいます。その時は別居でも離婚でもして、全力で子どもを守ってください」

仕事であることを忘れて、思わず画面に釘付けになった。そして、机の上の冷めた紅茶を一気に飲み干した。

池浦が話した内容の大まかな文字起こしはすでにＡＩにやらせてあったので、修正をしようとキーボードに手をかざそうとした時、玄関が開く音が聞こえた。

「ただいま」

リビングにのっそりと現れた功一は、半日で一気に老け込んでしまったかのようだった。表情には生気がなく、目はどんよりと曇っている。

「お、おかえり。どうしたの？」

驚いて尋ねる妻の方を見ることもなく、「風呂……風呂に入る」と呟く。

「お夕飯食べてないでしょ？」

「食欲がない」

「大丈夫……？」

無言で風呂場に向かう功一の背中から、恵は不穏な空気を感じ取った。

脱衣所で服を脱ごうとした功一は、シャツが脱げずに苛立っていた。左腕が袖から抜けないのだ。力づくで腕を引くと、ミシッと大きな音を立てながらシャツの袖が裂けた。

「くそっ！」と思わず大声を上げた。

全裸になり浴槽に入ろうとするが、左脚をうまく上げられず、浴槽のへリに脚が引っかかってしまう。両手で左脚を抱え、浴槽の中に脚を放り込むようにして、かろうじて風呂に浸かることができた。

功一は浴槽に浸かりながら左脚の太ももをマッサージする。そして、医師の指示で行った親指と人差し指をくっつける動作を試みた。意識を集中してやれば大丈夫と信じ、２本の指を凝視するものの、やはり左手の指は震えたままくっつかなかった。

風呂から上がりパジャマに着替えた功一は、いつもに増して背中を丸め、縮こまった姿でリビングに戻ってきた。仏頂面で冷蔵庫から缶ビールを取り出し、口に運んだ。小さくゲップをすると、恵に顔を合わせることなく寝室に向かおうとした。

鈴涼のダンススクールについて話をしたいと思い、恵は功一に声をかけた。

「あなた、ちょっとだけいい?」

「……今度にしてくれ」

とりつく島のない夫の態度に、恵は大きくため息をついた。

第2章　病いの影が忍び寄る

5

翌日の土曜日、恵には「散歩に行ってくる」と伝えて、功一は大学病院に向かった。休日ということもあり、駅や車内など至るところで、仲睦まじい家族の姿を見かけた。すれ違う家族の笑顔を横目で見ながら、恵や鈴涼と最後に出かけたのはいつだったかを思い返していた。

大学病院の建物の前に着くと、その大きさに圧倒された。足が強張り、身体が建物の中に入るのを拒んでいるように感じた。功一は大きく息を吸い、唾を飲み込むと、勇気を振り絞ってエントランスに足を踏み入れた。

土曜日ということもあって、外来患者の数は少ない。予約もしていたため、待ち時間なしで診察室に入ることができた。部屋の中には昨日とは違う若い医師が座っていて、簡単な挨拶を済ませると、すぐに別室に移動させられ、看護師によって血液を採取された。

功一がこれから行う検査は、ＭＩＢＧ心筋シンチグラフィーと呼ばれるもので、心臓の交感神経の働きを検査薬を用いて画像化し、その画像の写り具合によってパーキンソン病を判別するというものだ。

功一は検査薬を注射で投与され、その後、ガンマカメラという装置に寝かされた。宇宙船のような形状の装置に不安を覚えつつ、無抵抗のまま機械の中に吸い込まれていった。体の自由が利かない状態で装置の中に横たわっていると、この検査によりパーキンソン病だと確定したら、どんな状況に追いやられるのだろうという心配で頭がいっぱいになる。視界が閉ざされた状況と、自分の心境とが皮肉にもシンクロする。身動きが取れない、行き場がない、答えが出ない……。

そうこうしているうちに機械の動きが止まり、功一はまるで吐き出されるようにして機械の外に出てきた。この時の功一は放心状態だった。

無理に起き上がろうとすると、検査技師が、「馬場さん、ゆっくり順を追って体を起こしましょう。指示に従ってくださいね」と功一を宥めた。

検査後、医師による説明があった。若い医師は疲労困憊した様子の患者を気遣いながら、今後の予定を告げた。

「お疲れ様でした。検査結果は今度の金曜日に出ますので、再診は来週の金曜午後でいかがでしょうか。その日でしたら、師岡先生が応対できますので」

「私、大丈夫でしょうか……」功一はすがるように尋ねた。

「検査結果が出てから一緒に考えましょう」と医師は微笑んだ。

功一は心の奥底で、「一緒に考えるといっても、お前が診察するのは今日だけだろうが。この若造が」と呟いていた。

その夜は、自宅で一人深酒をしてしまい、翌日の日曜日には久しぶりに寝坊してしまった。寝ぼけ眼を擦りながら、リビングにやってくると、テーブルの上には、恵が書き残したメモが置いてあった。鈴涼と買い物に行ってくることと、昼食は残ったカレーを食べてくださいという内容だった。

功一はのそのそと台所に向かい、冷蔵庫に入っていたカレーをレンジにかけた。テレビを点けると、内閣の支持率が10パーセント台に落ちた、という話題でアナウンサーとコメンテーターが議論していた。

テレビのスイッチを切り、温まったカレーをかき込んでいる最中に、ふと写真を撮りに行こうと思い立った。ドライブがてら、愛用しているカメラのシャッターを切れば、気分が少し晴れるかもしれない。

愛車は、数年前に中古で購入したＢＭＷである。休日は、郊外に出掛けて風景を撮影することが、彼にとって何よりの息抜きであった。東京に来て初めてのドライブは、埼玉の寄居に向かおうと決めていた。先日ネットで検索していて見かけた、「深谷ねぎ醤油ラーメン」に心を奪われたからだった。寄居のパーキングエリアで提供されているとのことなので、まずはそこに行ってみたい。

車に乗り込もうとしてキーのボタンを押そうとしたが、左手の指が震えてしまい、うまく押すことができなかった。苛立ちながら何度も指に力を込めたが、ロックがうまく解除されず、キーを右手に持ち替えてなんとか車の中に乗り込むことができた。

カーナビで目的地を設定して、車をゆっくりと走らせた。東京は鹿児島に比べて車線が入り組んでいるため、車線変更がとても難しく感じられた。走行中、ウィンカーを出さないで車線変更する車と遭遇したり、カーナビの指示通りに運転していても明らかに遠回りに思われるルートを案内されたり、運転を始めて早々にストレスが募った。

高速に入ってスピードを上げようとしたが、左足の踏ん張りが利かず、右足でアクセルを強く踏むと、体が傾いてしまった。低速で走ることしかできず、後続車に次々と追い越された。気分転換を求めてドライブに出たはずが、功一の苛立ちは募るばかりだった。

憂さ晴らしに、寄居のパーキングエリアでお目当てのラーメンを食べようと休憩を取った。パーキングエリアは人でごった返しており、注文までも長蛇の列ができていたが、功一は辛抱強く並んだ。壁には、寄居の花火やつつじの花、滝の写真が液晶画面で表示されている。

列が進んで、ようやく注文の順番が回ってきた。功一は、同じく名物だという味噌カツ丼の誘惑を振り切り、ラーメンをオーダーした。出来上がったラーメンはネギの香りとラー油の程よい辛さが絶品で、出発からの疲労を一気に吹き飛ばしてくれた。

腹ごしらえを済ませた後の運転は、若干気分が良かった。

目指していた寄居の神社に到着し、境内に向かう長い階段をゆっくりと上がっていく。すれ違う人たちに追い越されながらも、一歩一歩、足裏の感触を確かめるように進んだ。

息も絶え絶えに境内に着き、下界を見下ろすと、寄居の街並みを一望できた。ペットボトルの水を飲み干してから、手水舎で手を洗い、口をすすいだ。ハンカチを忘れたことに気づき、濡れた手をシャツで拭きながら拝殿に向かった。財布から五円玉を取り出して賽銭箱に投げ入れ、二礼二拍手一礼をしてから、境内の散策を始めた。

鳥たちのさえずりが聞こえ、神社は新緑に包まれていた。柔らかい風のそよぎに、功一の表情はしばし和らいだ。ゆっくりとカメラを持ち上げ、境内の木々に向かってシャッターを切ろうとするが、手が震えてしまい、ピントがうまく定まらない。力づくでシャッターを押すと、カメラを持つ手が激しく揺れた。

撮影を諦めて境内を去ろうとした瞬間、眼下から少し慌てたような男性の声が聞こえた。

「二千翔《にひと》、気をつけろよ！」

向き直った功一の視界を右から左へと少年が駆け抜けた。杖をついた中年の男性が、足を引きずりながら彼の後を追いかけていく。ありふれた親子の一コマに見えたが、なぜか功一は心引かれるものを感じた。

そこに向かうべく階段を降りると、宮司が竹ぼうきで辺りを清掃していた。

「こんにちは」と、功一に気づいた宮司が、柔らかい物腰で声をかけてくる。挨拶を返す間もなく、功一はキョロキョロと先ほどの親子を探した。

少し先の広場で父と息子の姿を見つけた。父親と思われる男性は、右手にT字の杖を持っている。小学一年生くらいの息子は、竹とんぼを飛ばそうとしているようだった。古いおもちゃに苦戦をしている息子を、父親は傍で優しく見守っている。

「もー、どうしたらいいの?」

何度か失敗した後、少年は頬を膨らませた。

父親はおもむろに息子から竹とんぼを受け取ると、代わりに杖を息子に手渡した。左半身がうまく動かないのだろう。体が不自由な父親が一体何をするのだろうと、功一は彼の一挙手一投足を興味津々で見つめた。彼は体の重心を右に寄せ、竹とんぼの軸を右手で右脚の太ももに押しつけて固定した。そして、そのまま太ももを擦るようにして、右手一本で竹とんぼを回転させ、空へと放った。

ビュン!

勢いよく飛び出し、天高く舞い上がる竹とんぼを、息子は大喜びで追いかけていく。想定外の光景に、功一は思わず食い入るように見つめた。

「和やかな光景ですよね」と、先ほど挨拶をした宮司が、功一のもとに近づいてくる。

「あの方、体が不自由なんですか?」

功一は思わず疑問を口にした。

「以前少しだけお話したことがあって、その時におっしゃっていたのは、たしか脳梗塞を患ったとか……」

ふと、先ほどの竹とんぼが足元に落ちていることに功一は気づいた。竹とんぼを拾いに駆け寄ってくる子どもから逃れるようにして、功一はその場を後にした。

6

翌朝の月曜日、功一の気持ちは重苦しく沈んでいた。検査結果が出るのが金曜日だ。かつて一級建築士試験の合格発表を待っていた時に似た焦燥感があった。しかし、不安の大きさはあの時とは比べものにならない。試験は不合格でも再チャレンジすればよいが、この検査にはそういう機会はない。『パーキンソン病』が確定したら、俺の人生は一体どうなるんだろう？　家族はどうなるんだろう？　ネガティブな思考が頭の中で渦巻いた。

身鏡に映る自分の顔はやつれて見えた。ワイシャツを着て、ボタンを留めようとするも、左手が震えてしまい、ボタンをホールに通せない。手の震えは病気の症状でもあり、かつ自身の未来への恐れの表れだと感じた。服を着ることすらままならない自分に苛立ちを覚え、思わず呻き声を上げた。

リビングには人の気配がなかった。そういえば、恵と鈴涼は朝が早いから、朝食は一人で食べてほしいと昨日言われていたのを思い返す。食卓にはスクランブルエッグとサラダとパンが載った皿にラップが掛けてあった。着替えに時間を取られたので、朝食をゆっくりと食べる余裕はなかった。やむなくスクランブルエッグを口に押し込み、パンを咥えたまま家を飛び出した。

通勤途中のバス停は、いつも通り混雑していた。バスが到着するまで列に並ぶのが苦痛だった。バスは少し遅れてやって来た。昇降口の扉が開き、乗客が続々と乗り込む。功一も続こうとしたが、左足がステップの高さまで上がらず、後続がつっかえてしまう。後ろの男性が舌打ちをし、他の女性も不満げな顔をした。功一は冷や汗をかきながら、右足で踏ん張り、なんとかバスに乗り込むことができた。

車内を見渡してみたが、座席はすでに埋まっていた。功一は諦めて車内中央に立ち、右手で吊り革を握った。意識して踏ん張っているつもりなのに、バスが発車すると、体勢が崩れ、前後左右に体が揺れた。背中合わせで立っていた男性にぶつかってしまい、「寄りかかるなよ」と注意された。

「すみません」と詫びて、すぐに体勢を立て直すものの、気を抜くと体が左に傾き、他の乗客に当たってしまう。「やめてください」と睨まれたが、功一は何も言えなかった。

なんとか会社に着くと、すぐに部署の会議が始まった。他の社員はすでに会議室に集まっており、功一はしんがりだった。

「おはよう」と功一が声をかけると、挨拶もそこそこに、品川が会議の進行を始めた。

「では、松野病院の打ち合わせを始めます。先週現地調査が終わり、私の方で完成図案を作成しました」

大崎からＡ３の完成図案がみんなに手渡される。それを見て、功一は怒りを抑えられなかった。

「どういうことだ。完成図案の作成なんて、私は承認していないぞ」

「でも、すでに現地調査が終わっていて、工程表では今週中に完成図案のドラフトをクライアントに提出する予定になっているんですよ」

「だからと言って、私に了承を求めないのか」

通勤で溜まったストレスもあり、自然と声が荒くなった。

「俺は品川さんのデザイン案、好きですけどね」

新橋が口を挟んだ。功一はその言葉を受け、一層感情的になった。

「君は経験が足りないんだ！　こんなデザインだと予算がはまらないだろう。基本がなってない。それにこの部分も……」

功一は指摘できる問題点を全て洗いだした。怒り心頭の功一を宥めるように、袋が話を遮った。

「では部長、全体の工程を見直しますか？」

「君に言われなくても分かっている。私が部長に就任した以上、今までのやり方ではなく、私の理想のやり方に従ってもらう。まず袋と新橋の二人は品川の下で、材料の計算を行ってもらう。並行して、私がデザイン案を作成する。今回の案件は私が部長に就任して最初の仕事だ。

絶対に失敗しないでくれ。死ぬ気で取り組むように」

ぶっきらぼうにそう伝えると、功一は立ち上がり、会議室を後にしようとした。よろめき、転びそうになるのをとっさにテーブルに手をついて、なんとか踏みとどまった。その瞬間、手に持っていたボールペンが床に落ちた。

「あ、おそろいですね」拾い上げた大崎は、嬉しそうに笑って同じキャラクターがデザインされたボールペンを2本掲げて見せた。いずれも、鹿児島のゆるキャラ『ぐりぶー』のイラストが握りにデザインされている。

「君も鹿児島なのか?」

「ですです。大学までかごんまでした」

鹿児島では、中高年以外もしばしば方言を使う。「かごんま」も「鹿児島」を方言で表現したもので、地元の人たちにはよく使われる言い回しだ。功一は中学生の時に鹿児島に移り住んだので、鹿児島弁を使う機会は少なかったが、クライアントが高齢者の場合は、自然と鹿児島弁で話していた。『ぐりぶー』のボールペンはそんな地元愛が強めのクライアントからもらったものだった。

「じゃったかぁ?」

功一は思わず鹿児島弁で返事をしてしまった。「そうなのか」という意味の返しである。職場で思わず方言を使ってしまった恥ずかしさから逃げるように、そそくさと会議室を後にした。

午前中は苦い思いばかりだったこともあり、食堂では部署の社員と距離を置いて一人で食事をとることにした。功一は脂っこいものが好きだった。社員食堂には好みのメニューがいくつもあったが、今日は味噌ラーメンを大盛りで注文した。

着席し、箸を持とうとした時にまた手が震えだし、床に落としてしまった。慌てて拾おうとしたが、通りかかった神田が先に拾ってくれた。

「これ、使って」

自分のトレイに載せていた箸を功一に譲ると、神田は新しい箸を取りに行った。一人になってリセットしようとしていた矢先に、一番関わりたくない人物と遭遇してしまった——功一は胸中で重い息を漏らした。

新しい箸を手に颯爽と席に戻ってきた神田は、勢いよく功一の前に座った。向かいの席から漂うフローラルな香水の匂いに、功一は思わず表情をしかめた。彼との対面は、全社員朝礼以来初めてだった。

「馬場君だっけ？　改めて営業部部長の神田です。よろしく！」

席に着くや否や功一に威勢よく声をかけてきた。相手の存在感に物怖じしながらも、「よろしくお願いします」と挨拶を返した。自分より年下と思われる人物に「君」と言われたことには釈然としないものを感じたが、表情には出さないよう取り繕った。

「馬場君は、鹿児島ではえらく優秀だったんだって？」

威圧感のある彼の話し方に功一は圧倒された。

「ええ、まあ……」

「俺は今40で、今回部長に昇進したんだ。支社含めて全社で最年少。若い頃はガンガン働いたし、先代の社長に好かれてたのもデカかったんだよ」

自慢話にしか聞こえない神田の会話に、どう反応していいか分からなかった。

「でね、いま馬場君が担当している松野病院の件も、その流れでの受注ができたってわけよ。理事長が全権を握っていて、久々の新病棟の建設にかなり力を入れてるらしいんだわ」

「私にとっても、本社異動と部長昇進を兼ねた仕事ですから、死に物狂いで頑張りますよ」

怖気づきながらも、功一はキッパリと言い切った。ここは設計部部長としての威厳を示さなければならない。そんな心情を見透かすように、神田は無言で功一を凝視した。

「ま、食べてよ」

神田に言われて箸を持つのはしゃくだったが、ラーメンが伸びるのも困る。釈然としないまま手に取ろうとした箸が、またもや床に落ちた。

神田はクスッと小さく笑った。

「実はこの案件に、ビビってんじゃないの？」

「ビビってないっすよ」

功一は思わず大声を上げた。その声に驚いた周囲の社員たちの視線が、新部長二人に集まる。

痛みさえ感じる視線の集中砲火を浴びて、フリーズしてしまった功一を救ったのは、たまたま通りがかった男性社員だった。

「神田部長、午後の会議のことでご相談いいですか」

「ああ、分かった。先行ってて」すました顔で答えると、神田はトレイを手に立ち上がった。

「じゃ、せいぜい頑張ってくれよ。西郷どん」

意趣返しする気力も無くなった功一は、視線をあげることもなく、黙々とラーメンを啜った。

そのせいで、神田が食堂を去る際、自分の部下である品川副部長に、意味ありげな一瞥を送ったことにも気づかなかった。神田の視線に気づいた品川は小さく頷き返した。

7

その夜、帰宅した功一はいつになく酩酊していた。リビングにヨロヨロとなだれ込んできた瞬間、アルコールの臭気が周囲に充満した。

「うわ、酒臭っ！」

テレビを観ていた鈴涼は一目散に退散し、自室に逃げ込んだ。恵が功一に駆け寄り、「あなた、すごい臭い！」と思わず鼻をつまんだ。功一は無言で鞄とジャケットを恵に差し出した。

「お夕飯は？」

「ああ、食ってきた～」

「えー、今日はあなたの好きな青椒肉絲《チンジャオロース》を作ったのに」

「悪い。帰りにうまそうなラーメン屋があったからさ。大型プロジェクトが続くから、夕飯は当面パスな」

緩めたネクタイをソファに放り投げ、ズボンもそのまま床に脱ぎ捨てた。恵はそれらを無言で順番に拾い上げていく。功一はそのまま風呂場に向かおうとしたが、恵は鈴涼がダンススクールに通いたがっていることを相談しようと、功一に駆け寄った。

「あなた、ちょっと話が……」

功一は震える左手を肩まで上げ、背中越しに恵を払いのける仕草をした。恵は、その姿に呆然と立ち尽くした。

功一はその後、しばらく風呂に浸かって、無言のまま寝室に向かった。その姿を見た恵は、意を決してスマホで友人のさゆりにメッセージを送った。

〈さゆり、週末、会えないかな?〉

恵のメッセージに、「既読」の表示がすぐに付いた。

〈いいよ、どうした?〉

〈込み入った話だから、その時話すよ。明日お店を決めたら、場所送るね〉

メッセージを打ち終えた恵は、そっとスマホをテーブルに置いた。キッチンでお湯を沸かし、ジャスミンティーをポットに入れた。ソファの脇に置いていた雑誌を広げると、先日、自身で取材した池浦のインタビュー記事が大きく掲載されていた。『中年世代が向き合う結婚観』と題された記事には、恵が書き起こした内容がそのまま掲載されている。

【結婚なんて概念がもう古いんです。どうして籍を入れてまで、男性に尽くさなければならないんでしょうか】

恵は若い頃、結婚は必ずするものだと考えていた。いや、そう教えられていた。当時はすでに女性の自立が叫ばれていたが、とはいえ鹿児島では「女性は男性を支えるもの」「結婚しないなんて恥ずかしい」という考えが一般的であった。結婚しても、仕事はできるし、子育てもそれほど苦労はないと考えていたが、実際にはそうではなかった。夫は横柄になり、娘は自分に懐いているものの、学校、塾、習い事、ＰＴＡなど子どもに関することは全て自分にのしかかっていた。

恵は昔から山登りが好きであったが、その時間も今では全く作ることができない。家族に尽くしてばかりの家庭生活に、恵のストレスは溜まる一方だった。

家中には至るところに、恵がメッセージを書いたポストイットが貼られていた。「机の上は綺麗に」「鉢植えに水遣りを忘れずに」「トイレットペーパーは次の人のために替えましょう」……。けれども、それらの言葉を功一が守ったことは一度もなかった。恵のお願いは聞き入れられないのに、功一のルールには従わなければならない。この不公平な関係はいつまで続くのだろう。

恵は開いていた雑誌をそっと閉じて、寝室に向かった。

8

第二設計部には不穏な空気が漂っていた。社員たちは一見すると、きわめて真面目にパソコンに向かっていたが、功一を牽制するかのように、時折チラチラと目線を送り合い、会話はほとんど交わされていなかった。常に上からものを言う新部長に、思うところはいろいろあるものの、とりあえずは黙って受け入れることにしたようだった。

特に最年少の渋谷に対する功一の指導は、パワハラまがいであった。社会人としてまだ経験の浅い渋谷は、先輩である袋や新橋から指導を受けながら仕事を進めていたが、ミスを犯すことも少なくなかった。

渋谷の隣の新橋が電話口で、「え？　まだ構造計算書が届いてない？」と、慌てていた。

「渋谷君、先日作成した構造計算書が役所に届いていないって」

「えっと、それは一昨日メールで提出したはずなんですが……」

渋谷は急いでパソコンのメールボックスを確認し、その場で顔を青ざめた。

「すみません！　役所ではなくて、松野病院の総務課に送っていました」

「え？」

功一はすぐさま顔を紅潮させた。

「渋谷君！　こっちに来なさい」

渋谷は大慌てで、功一のもとに駆け寄った。

「どうしてそんなミスをしたんだ」

「すみません。初めての作業だったので」

「誰かに確認をすればいいだろ！　構造計算書をクライアントに送るなんてありえない」

「申し訳ありません」

渋谷はただただ頭を下げて、謝ることしかできない。

「こんなミスありえないだろ。学生じゃないんだから！」

憤慨している功一の前で縮こまる渋谷を見かねて、新橋がすかさず飛んできた。

「まあ、仕方ないよ。先方に謝って、次回気をつけようぜ」

渋谷はうなだれながら自分の席に戻った。

「おい！　まだ私の話が……」

功一は他の社員との間にできてしまった溝に苛立ち、思い通りに行かない職場の環境を呪った。全員に張り付いて一挙手一投足を指導したいところだが、そうもいかない。

「みんな、私はこれから外回りだ。帰社はしないので、後のことは頼んだぞ」

大崎だけが小さく頷いたが、他の社員は誰一人反応せず、黙々と作業を続けるだけだった。

功一は会社を出ると、パーキンソン病の検査を受けた病院に向かった。本社に異動した直後、立て続けに2回も半休をもらうことはできないと考え、部下に嘘をついたのだ。

待合室で待つ間、時間が普段よりも長く感じられた。他の患者が呼ばれるたびに、心臓の鼓動が高まるのが分かった。

ようやく自分の名前が呼ばれ、診察室に入った。そこでは師岡が神妙な面持ちでパソコンを眺めていた。その様子から功一は、自身の診断結果を容易に推測できた。

「どうぞ、お掛けになってください」

促されるまま、功一は椅子に座った。

「診断結果が出ました」師岡はゆっくりとした口調で話し始めた。

「……やはり、パーキンソン病でした」

周囲の時間が一瞬にして止まったかのように、功一は感じた。

「馬場さんは40代ですから、先日もお伝えした通り、若年性パーキンソン病に近いかと……」

師岡の話を遮って、功一は尋ねた。「私、死ぬんでしょうか?!」

師岡はゆっくり首を横に振った。

「落ち着いて聞いてください。パーキンソン病はたしかに難病ですが、今までと同様、薬をちゃんと服用すれば、進行を遅らせられます」

「でも、最近は薬が全然効かなくなってきているんですよ！」

「それはハネムーン期が過ぎたからでしょう」

「ハネムーン期？」

聞き慣れない言葉に功一は首を傾げた。

「パーキンソン病の薬は、使い始めは効果的ですが、時間とともにその効果が薄れていきます。薬がよく効く期間を俗にハネムーン期と呼びます。効果が見られなくなったら、別の薬を使います。数年ごとに薬を見直し、身体に合ったものを探すのが、パーキンソン病治療の基本となります」

横にいた女性の看護師から、『パーキンソン病と診断された方へ』というリーフレットを手渡された。

「こちらに詳細が書かれていますので、ご自宅でゆっくりご覧ください」

功一は呆然とした表情で、そのリーフレットを受け取った。

「あと、馬場さんはコレステロール値が非常に高いです。身体に大きな負担となりますので、私の知り合いが運営しているこの施設に通ってください」

オレンジ色の三つ折りリーフレットを手渡され、そこには「PD SMILE」と書かれていた。

「理学療法士の中野さんという方が主催しているリハビリ施設です。毎週日曜日に集まりが開催されていますので、ぜひ参加してみてください。いろいろな発見があると思います」

師岡の話は、功一の右耳から左耳へと流れ去っていった。

——自分が難病に冒されるなんて信じられない……。

これからは車椅子や寝たきりの生活が待っているのだろうか。そんなことになったら、家族をどうやって支えればよいのだろうか。仕事はどうなるのだろう。部長に昇進したばかりだ。なぜ自分が難病患者にならなければならないのだ。錯綜する不安や疑念に目がくらみ、倒れそうになった。

夕刻、駅のホームは帰路につくスーツ姿のサラリーマンであふれていた。いちようにスマホを見つめる彼らを眺めながら、功一は心の中で呟いた。

「俺じゃなく、この中の誰かが代わりにパーキンソン病に罹ってくれたらいいのに。俺には家族がいて、会社を支える責任があるんだ。パーキンソン病に罹るのは俺じゃなくてもいいだろう……」

列車の到着が近いことを告げるアナウンスがホームに流れた。無機質なアナウンスの声に苛立ち、大声で捲し立てたい衝動を必死で抑えた。

ほうほうのていで帰宅した功一の憔悴ぶりに、恵は思わず目を丸くした。

「どうしたの？　やけに早いじゃない。あなたの分の……」

「パーキンソン病だった」

沈痛な声で告げると、部屋の空気が一瞬にして凍りついた。沸かしているお湯の煮えたぎる音が室内に響き渡る。俯いた功一を、恵はじっと見つめている。恵は我に返ったようにコンロの火を止めて、椅子に座るよう夫を促した。

「……お医者さんからはなんて説明されたの？」

恵が優しく尋ねると、功一は申し訳なさそうに、看護師にもらったリーフレットを鞄から取り出した。恵はゆっくりとそれを読んだ。

「会社にはなんて言うつもり？」

「部長になったばかりだ。こんなこと誰にも言えないよ」

功一がそう呟いた直後、玄関が開き、鈴涼が帰宅した。

「ただいま～」

屈託のない娘の声から逃げるように、功一は静かに立ち上がった。寝室へと消える前に、そっと恵に囁いた。

「鈴涼には内緒にしておいてくれ……」

翌日の土曜日、功一は自宅に引きこもった。食事も喉を通らず、たった一杯の牛乳を飲むのがやっとだった。時折、パソコンで「パーキンソン病　治療」と検索をすると、脳に電極を埋め込むとか、胃に穴を開けてチューブで薬を流し込むなど、功一にとって目を背けたくなるような情報が飛び込んできた。その中で、定期的な運動が大切であるという内容を目にした。だが、「運動だけで症状が抑えられるなら、そもそも難病じゃないだろ」と否定的な思いしか持てなかった。しかし、今の自分にはこの病気と向き合う他の手立てがないのも事実であった。

功一は医師から渡された三つ折りのリーフレットを取り出した。『PD SMILE』。PDとは、Parkinson's Disease（パーキンソン病）の略だと書かれている。功一は渋々この施設に出向いてみようと考えた。

その後、ゆっくりと本棚の方に向かい、自分の目線と同じ高さにある写真集を取り出した。『森川中道写真集―街と人TOKYO―』。功一が愛してやまない現代写真家だ。この本が東京赴任のきっかけでもあった。彼の捉える東京の街並みと多様な人々の表情に魅了され、国内最大にして最先端を行く都市で暮らしてみたいと切に願った。功一はしばし写真集をめくりその世界に没頭した後、それを私用のバッグに忍ばせた。

9

日曜日、恵は久々に一人で羽を伸ばしていた。夫はパーキンソン病のリハビリ施設に出かけ、娘は友達と遊びに行っていた。普段はたいていどちらかが家にいるため、夫の世話をしたり、娘の話を聞いたりしているうちに、一日があっという間に過ぎてしまう。

久々の休日は、大学時代の友人であるさゆりとランチをすることに決めていた。さゆりは大学を卒業してすぐに鹿児島を離れて、東京のアパレル会社に就職した。卒業旅行で一緒にスペインを訪れて以来、20年ぶりの再会であった。

二人は、恵が仕事仲間から聞いた吉祥寺のカフェで待ち合わせた。彼女は当時の面影を残しているものの、人生の経験を積んだ分、顔立ちには深みが増していた。

「さゆり、久しぶり！」彼女の顔を見て思わず、学生時代のような屈託のない声が出た。

「恵、元気だった？　変わってないね」

さゆりはカフェで一番人気のえびといんげんのジェノベーゼを、恵はチーズとバジルの入ったトマトパスタを頼んだ。二人は目の前のパスタを頬張りながら、学生時代の思い出話や就職してからの苦労話に花を咲かせた。

パスタを半分ほど食べ終えたところで、恵は家族のことを尋ねた。

「お子さん、いくつになったの？」

さゆりは目尻に皺を寄せて答えた。「上は高三、下は中三。どっちも来年受験で大変よ」

「早いわね」

「本当に。子どもの成長なんてあっという間よ。そっちは？」

恵は口元を緩めた。

「私の方は今、中二。ダンスに夢中よ」

「女の子だったわよね？　今っぽくていいじゃない」

「まあね。私は本人の自由にさせたいと思ってるんだけど、夫がね……」

恵は持っていたフォークを皿の上に置き、小さくため息をついた。

「男ってダメね。……もしかしてうまくいってないの？」

「バレたか。長年我慢してきたけど、もう限界で、どうしようかと」

「そのまま別れちゃえ！」

突然のさゆりの発言に、恵は思わず目を丸くした。

「何、言い出すのよ」

「恵だけが我慢して辛い思いをすることないのよ。男女と言えども、所詮は人間同士。相性ってものもあるでしょ」

「別れるなんて、そこまでは考えてないよ」

「そうなんだ。私は、良かったよ。早めに別れて」

「え？」

恵はさゆりがシングルマザーであることを思い出した。陰を感じさせない彼女のたたずまいに、すっかり忘れていた。

「うん。子どもができて、子育てとか仕事や家庭の関わり方とか、考え方がどんどんずれていってね。特に男性って会社の昇進とか仕事の付き合いとかばっかりで、家のことは蔑ろにするじゃない。家事だってろくにせずに、子どもたちの面倒だって見るのは全部、私。それなのに、偉そうな態度を取って、私は召使いじゃないっつーの。恵のところも一緒でしょ？」

自分の心の内を代弁してくれたさゆりに、恵は思わず拍手を送りたい気分であった。

「図星……」

「子どものことで、別れるのをためらっているかもしれないけれど、早いうちがいいわよ。娘さんにとっても大切な時期なんだから、手遅れになる前に。幸せになりなよ、恵」

恵は自分の大切な友人が立派に自立して、子育てをしていることに大きな勇気をもらえた気がした。その反面、長年連れ添った夫と離縁することは、到底考えられなかった。経済的には自分一人でも娘を育てるだけの力はあると思っているが、娘にとってはたしてそれが良いことなのか……。

思春期の娘が、精神面で不安を覚えたり、ストレスを受けたりしてしまうのではないか。苗字だって変えなければいけないから、学校でいじめの対象になるかもしれない。離婚のデメリットを考えると、恵にとってはこのままの関係を続けることの方が、結局のところデメリットが少ないように思えた。

（私だけが我慢すればいいわけだから……）

神妙な面持ちの恵を前に、さゆりは小さく微笑んだ。

「今日はとことん贅沢しようよ！　このお店、スイーツバイキングがあるんだって。頼もうよ！」

恵はゆっくりと頷き、店員に向かってすっと手を上げた。

第3章　立ちはだかるプライドの壁

10

ちょうどその頃、功一は世田谷の宮の坂にある『PD SMILE』に向かうために、世田谷線の車内にいた。路面電車のように短い車両は、どこか懐かしいレトロ感が漂っていた。功一が乗ったのは、招き猫のデザインがあしらわれた電車で、吊り革にもその意匠が施されていた。満員電車しか経験していない功一にとって、都内で初めて快適な車両に乗ることができ、気分がよかった。

広々とした窓からは、柔らかい日差しが車内に差し込み、外には鮮やかな菜の花が姿を覗かせている。宮の坂駅のアナウンスが流れ、駅に降りると、廃車となった昭和時代の緑色の列車が、当時の原形を留めた形で展示されているのを見つけた。どこか懐かしい光景に、気持ちはいつになく穏やかだった。

駅から歩いて10分ほどのところに『PD SMILE』の入っている建物があった。エレベーターで二階に上がると、目の前に『PD SMILE』と書かれた看板が見つかったので、その脇にあるチャイムを鳴らした。

「そのままお入りください」応じたのは男性の声だった。

中にはジャージやスウェット姿の男女が10名ほどいた。椅子に腰掛けている者もいれば、立ち話をしている者もいる。功一が入室すると、すぐに小柄な若い男性が功一のもとに近づいてきた。

「馬場さんですね。師岡先生から伺っております。ここの代表を務める中野と言います」

中野は屈託のない笑顔を見せた。「さあ、まもなく始まりますので、早速着替えてきてください」

案内された更衣室で、グレーのTシャツと短パンに着替える。初回ということで、中野の横に座らされた。他のメンバーは中野に向き合う配置で車座に座っている。彼らの視線は自然と功一に集まった。

「では、早速ですが自己紹介をお願いします」

中野に促された功一は脇に置いていた森川の写真集を手に取り、メンバーたちに広げて見せた。メンバーたちは、功一の持っている写真集に注目をした。

「しがない会社員ですが、趣味で写真を撮っています」

功一は平然と嘘をついて、写真集のページをめくった。中野は驚嘆の声を上げた。

「多才ですね、写真家なんて肩書きをお持ちとは」

「芸名で活動していて、会社には内緒にしているので、あくまでオフレコでお願いします」

功一は悪びれる様子も見せずにそう言った。

「私も昔カメラをいじっていたが、こんなのを見せられたら恥ずかしくて見せられないな」高齢の男性が、苦笑いを浮かべた。

彼の隣に座る女性が、目を輝かせながら身を乗り出す。

「今度ぜひ私たちも撮ってよ！」

「これでもプロなので、安請け合いはできないのですよ」

功一の隣の男性が口を尖らせながら、「ケチー」と呟いた。その声に合わせてメンバーたちは笑い声を上げげた。中野は再度、車座に座るメンバーを見渡し、語りかけた。

「皆さんもよくご存じの師岡先生がここを薦めてくださり、今日から皆さんとお友達になります。功一さんをよろしくお願いしますね」

「功一さん？」

眉間に皺を寄せた功一に、中野は怪訝そうな顔を向けた。

「名前、違っていましたっけ？」

「いや、下の名前で突然呼ばれたので……」

功一は、自分よりも年下の中野が、突然自分の名前を馴れ馴れしく呼んだことを不快に感じていた。

「ダメですか？　ここでは全員ニックネームで呼び合ってるんですよ」慌てた素振りで中野が

説明する。

「ニックネーム？」

ニックネームなんて言葉を聞いたのは、功一にとって小学生以来だった。確かに小さい頃は、親から『コウちゃん』と呼ばれてはいたが、親以外からそんなふうに呼ばれたことは一度もなく、どことなくプライドを傷つけられた気分だった。

「私は、中山なのでゴンって呼ばれてるわ」

「私はヒデちゃんね」

矢継ぎ早に功一に話しかけるメンバーたちに、功一は戸惑いを隠せない。

「私は……馬場でお願いします」とボソリと呟いた。

「分かりました。じゃあ、今日は馬場さんが初めての日なので、ハイタッチで自己紹介しましょう！」

功一はやれやれといった気分だった。難病患者が集まる施設は、ただのお遊びサークルかよ、と心の中で呟いていた。

その直後、軽快なリズムの音がスピーカーから流れてくる。小学校の運動会で聞くようなリズムの音楽である。メンバーたちはその音楽に合わせて、部屋中に散らばった。功一は異様な光景を前に唖然とし、しばらく様子を窺っていた。

「それではスタート！」と中野が掛け声を上げると、メンバーたちは近い者同士でペアを組み、ハイタッチを始めた。動揺を隠せない功一のもとに、年齢の近い中年男性がやってきた。功一に向けて両手を掲げるものの、功一は無意識に小さくのけぞってしまった。

「ちょっと待っててください」

男性にそう告げると、功一は自分の席に戻り、バッグから名刺入れを取り出した。

「馬場といいます」

律儀に頭を下げつつ、両手で名刺を差し出すと、男性は苦い笑みを浮かべた。

「名刺なんていらないよ。あんた、固いねー」

「なんだって！」

中野が慌てて二人の間に入り、功一を宥めた。

「まあまあ。馬場さん、違う人とやりましょう。ゴンさんいいですか」

「ケッ！」

男性は不機嫌そうに功一から離れた。代わりに、以前写真をやっていたと話していた中山が中野に促されてやってきた。中山は、ハイタッチをしようと両手を掲げる。功一はぎこちなく彼の両手に触れた。

「さっきも呼ばれた通り、ゴンって呼んでね。69歳」

筋肉質の男性は、一見するとパーキンソン病を抱えているように見えなかった。溌剌とした声は、実年齢よりもはるかに若々しく聞こえた。

「ずっと高円寺に住んでいるんだ。知ってる？　ねじめ正一とかイルカとか。ミュージシャンや芸人が多い街ね」

「いえ、東京に来たばかりなので、その辺、疎くて」

功一は、このどうでも良い世間話をさっさと終えたい気持ちでいた。

「あ、そう？　どっから来たの？」

「つい最近、鹿児島から異動になって……」

定年退職した爺さんに自分の会社のことを話しても何の得もない。とはいえ、こんな爺さんと何を話せばいいのかも分からず、功一はこの場からさっさと逃げ出したい気持ちであった。

「コウちゃんは、いつパーキンソン病を発症したの？」

「やめてくださいよ。恥ずかしいので、馬場でお願いします」

初日からいきなり馴れ馴れしいメンバーたちに、功一は苛ついた。自分がどんな仕事をしていて、どんな役職に就いているかも知らない人間たちだ。急に友達めいた接し方をされても、違和感しかない。俺はお前らと違って年商百億という建設会社の部長なんだ、少しは敬意を払え、と心の内で毒づいた。

「4年前からですよ。中山さんは？」

中山は少しムッとした表情を見せた。

「ゴン！」

功一は、出会ったばかりの年上の人を「ゴン」とは到底呼べなかった。

「中山さんはいつから発症を？」

「ゴン！」

「中山さんはいつから発症を？」

ここまで来ると、お互いに意地の張り合いであった。双方の口調は次第にエスカレートしていった。

「ゴンって言ってくれなきゃ答えない！」

中山にそっぽを向かれた功一は、ただただ呆然と立ち尽くすばかりだった。

11

『PD SMILE』から戻った功一は、昨日の様子とは打って変わって、怒りを撒き散らした。恵に瓶ビールを注いでもらいながら、師岡に処方してもらった薬をビールで飲み下した。恵は渋い顔を見せながら、黙って夫の様子を見守った。

グラスをテーブルに叩きつけると、功一は大声を発した。

「な、バカにしてるだろ」

「別に普通じゃない。ニックネームくらい」

恵には功一の憤りが理解できなかった。初対面だろうが、普通に下の名前で呼び合うし、ニックネームで呼ばれたとしても、ここまで怒る理由が分からなかった。男性特有のこだわりなのか、はたまた功一の性格からなのか。どちらかといえば後者であろうと、恵は考えた。

「俺は社会人なんだよ、現役の。老人ホームのジジイじゃねぇっつーの」

「でも同世代や年下の人もいたんでしょ」

「あいつらは、俺みたいな会社勤めしてないんだよ、きっと。社会から外れた仕事でもしてんじゃねーの」

「またそうやって決めつけて……」

「俺に意見を言うのかよ」

「はいはい」

自分の意見は人に聞いてもらいたがるくせに、恵の話には一切耳を傾けない功一の姿勢を、恵はいつも理不尽だと感じてきた。

「鈴涼はどうした？」

「早速友達ができたんですって。遊びに行ってるわ」

「もう中二だろ。高校受験とか考えてるのか」

「本人のことだからいいじゃない」

「お前はそうやって子どもに甘いよな」

「親が押し付けたって鈴涼が辛いだけよ」

「将来のこととか考えさせろよ。医者とか弁護士とか、そこまでじゃなくても、例えば公務員とか安定した仕事に就かせなきゃダメだろ」

「またそんなことを……」

子育てに関しては妻に任せっきりなのに、理想だけは高い功一の態度に、不満は年々積もっていた。それなら学校の行事やPTAなど携わってみたらどうなのかと。将来のことだって、本人の自主性を大切にしたいのに、「なにはともあれ安定した仕事に就かせなきゃ」という時代遅れの考え方に寄り添うのは難しかった。鈴涼がダンス教室に通いたがっているなどという話を、そんな夫にどう切り出したらよいものか……。恵の心中は複雑であった。

「俺は苦労人なんだ。お前たちは俺の給料で飯が食えてるんだから、感謝しろよな」

恵は呆れ返ってしまった。確かに功一の給料が家計の大半であるだろうが、私だって仕事をしながら家事や子育てをして、この家を支えている。家事や子育ての時間がなければ、功一並みに稼げる自信もある。「家を支えているのは、お前だけではないんだよ」と思わず突っ込みを入れたくなったが、口論になるのは嫌なので、気持ちを押し殺した。

すっかり酔いが回った功一は、ビールを飲み干すと、テーブルにグラスを叩きつけた。覚束ない足で風呂場に向かう途中、案の定よろけたので、恵はとっさに夫の体を支えた。

この瞬間、恵はハッと気づいた。私はこれからも、こうしてこの人の介助を続けて、人生を終えるかも……。頭をよぎった考えがあまりに厭わしく、恵は功一に添えていた手をそっと放した。

「お医者さんにはちゃんと通ってね」

「あんなふざけた施設を紹介した医者なんて、受診したくないね。俺の診断も誤診じゃねーの？」

　恵の傍を離れる功一の背中を見つめ、恵は小さく拳を握りしめた。

12

　功一は、師岡から処方された新しい錠剤を土曜日から服用していた。先週末は薬の効き目が悪かったので、医師に指示された量の2倍を朝から服用したところ、体が順調に動くようになった。医師の指示に従ってばかりでなく、自分で薬の量をコントロールすればいいんだ、と功一は考え始めた。

　時間にだいぶ余裕を持って出社したため、今日はいつもより30分早く出社することができた。そのため、社内にはまだ数名の社員しかいなかった。功一は窓辺に向かい、東京の街並みを見下ろした。無数の車が行き交う道路の流れに、都会の慌ただしさを感じた。延々と続く車列を眺めていると、自分は一体どこに向かって生きているのだろうか、とふと考えてしまう。

朝の挨拶が社内で聞こえ始め、功一はゆっくり自分のデスクに戻った。設計部に最初に出社してきた大崎が、珍しく早い時間から会社にいる上司を見つけて、明るく声をかけてきた。

「部長、おはようございます。今日は早いですね」

「ああ、ちょっとな」

功一は、自分がパーキンソン病であることは、会社ではけっして誰にも言わないと決めていた。難病患者が重責を負っているなどという事実は、企業の信頼にも関わる。このまま薬がしっかり効き続けて、定年までなんとかやり過ごせたらいいんだ、と考えていた。

「部長は鹿児島なんですよね」

大崎がふと話しかけた。

「ああ、中学からだけどな」

「私は生まれも鹿児島なんですよ。自然も沢山あって、食事も美味しく最高ですよね」

「ああ、そうだな」

思いがけない鹿児島話に、功一はどこか懐かしさを感じた。

「君はどこ高校なんだ?」

功一は地元では定番の質問をした。向こうでは、出身大学ではなく出身高校を尋ねるのが当たり前であった。地元民はそれだけ高校に愛着を持っていて、そのため母校卒業生同士の結束力は強いものであった。

「私は……鶴丸です」

大崎は顔を赤らめて話した。功一はその高校名を聞いて動揺した。鶴丸は鹿児島で難関の県立高校で、偏差値では功一の母校よりも断然上であった。

「ああ、そうなのか……」

外見の雰囲気で偏差値が自分よりも下の学校だと彼女を見くびっていた。功一は背中に嫌な汗をかきながら、自分のデスクに着席した。その後、社員たちが続々と出社してきたが、功一はパソコンに向かったまま、顔を向けることなく、彼らに挨拶をした。すると、営業部の神田が血相を変えて、第二営業部に飛んできた。

「馬場君、松野病院の理事長からさっき電話があったぞ！」

「え？」

現在担当している松野病院の新病棟建設に関して、先週の段階で建物全体のデザインと基本設計図案を先方に送っていた。

「何か問題でも……？」

功一は慌てて神田に尋ねる。

「詳しくは分からないが、基本的な方針で相違があったみたいだ。理事長が直々に話したいと言っている。他の予定はキャンセルして、今から同行してくれ」

会社からタクシーを飛ばすこと30分。新興住宅街の一角に松野病院はあった。年季の入った建物の外装から、病院の長い歴史が感じられた。

受付で挨拶を交わし、秘書と思われる女性に連れられて、功一と神田は最上階である5階の理事長室へと向かった。

案内された理事長室で、言葉もなくソファに座って待っていると、ほどなくして部屋の主が現れた。威圧感のある長身をドスンとソファに投げて、理事長は二人をにらみつけた。

「どうして地下が抜けてるんだ」

開口一番、そう尋ねられて、神田はビクッと身を震わせた。「地下が抜けている?」

理事長は黙したまま、テーブルの上に設計図を広げた。

「たしかに……地下室がありませんね」舐めるように設計図を確認しながら、神田が言った。

「馬場君にはちゃんと伝えたのですが」

功一はその言葉を聞いて頭に血が上った。地下の情報など一切聞いていなかったからだ。

「地下のことなんて聞いていないぞ! 俺のせいにするのかよ」

しれっと吐いた神田の言葉に、功一は驚愕した。正体も分からないまま嫌悪していた彼の本性に触れ、「そこまでひどいのか」という思いもあった。

「おいおい、喧嘩は君たちの会社でやってくれ。とにかく地下スペースは必要なんだ」

神田は、険しい顔で功一に問いかけた。

「馬場君、地下を追加すると、いったい幾ら必要なんだ」

設計部内で共有していた予算は40億円であった。敷地の広さから計算すると、追加費用は……概算で10億といったところか。

冷や汗をかきながらその数字を伝えると、理事長が吠えた。

「払えんぞ。そんな金！　当初の予定通り40億でやってもらうからな」

その後の二人は、ただただ理事長に平謝りをするしかなかった。

13

会社に戻る二人の足取りは重たかった。お互いにいろいろと愚痴を言いたかったが、重たい空気が壁となって二人を隔てた。社長の大塚から至急、社長室に来るように指示を受けていたので、社長への報告を済ませるまでは感情を抑えようと二人とも考えていた。

社長室に入るや否や、大塚は案の定ご立腹で、詳細を聞く前に二人を怒鳴りつけた。妻で副社長の典子は、そんな殺伐とした空気もお構いなしに、怒号を聞き流しながら煎餅をかじっていた。

「なんてことをしてくれたんだ！　先代から大切にしてきた得意先なんだぞ」

神田はすぐさま頭を下げた。

「大変申し訳ありません！」

「誰がミスしたんだ」

大塚は神田と功一の顔を交互に覗き込むように見つめた。神田は、慌てた様子で弁明を始める。

「馬場君にはちゃんと伝えたのですが、私の方も落ち度がありました。もっと入念に確認をすれば良かったのですが……」

功一は、神田の言葉を聞いて、自分の耳を疑った。自分には非がないと言わんばかりの物言いに腹を立てざるを得なかった。

「地下のことなんて、私は聞いていない」

すかさず大塚が口を挟んだ。

「馬場君、常識として松野病院の規模で地下がないなんてあり得ないだろ。鹿児島支社で何をやってきたんだ」

「支社の方では、地上階だけのものばかりを手がけてきて、地下があるものは初めてで……」

現に鹿児島では、鹿児島の自然や立地を生かした建物ばかりを建ててきた。公共施設や企業向けの建物を中心に、功一の設計はデザイン性が評価され、案件を請け負ってきた。地下のある建物を一切担当してこなかったので、功一の発言に偽りはない。しかし、本社の東京では、そのような鹿児島の事情が無論通用するはずもなく、大塚は机を叩いて激怒した。

「言い訳するな！」

あまりの激昂ぶりに、功一はおろか神田もすっかり縮こまってしまった。

社長室を出た功一は、すっかりげんなりしていたが、神田はすぐさまいつもと同じ平静を取り戻していた。怒りが収まらない功一は、溜め込んでいた感情を神田めがけて吐き出した。

「神田さん、嘘をつくなよ。私は地下のことなど一切聞いていない」

神田は飄々とした表情で功一に語りかけた。

「何か勘違いをしていないか？　松野病院の情報は確かに設計部に伝えたぞ。『設計部に伝えた』は、イコール『馬場部長に伝えた』ということなんだ。部長とはそういうもんだぞ。社員間の情報を確認するのが君の仕事だ。それを責任転嫁されても困るんだよね。それにお前の部下は、病院設計を何度も手がけてるんだ。地下がないことに違和感を覚えていたはずだよ。部下に信頼されていないんじゃないの？」

神田はそう言い捨てると、颯爽と自分の部署に戻っていった。

思い当たる節がある功一は、神田の言葉に反論できなかった。いきり立って部に戻ると、疾風のごとく副部長の品川を問い詰めた。

「品川、どういうことだ。地下がないのは分かってたんだろ！　どうして教えてくれなかった？」

「営業部からは、そう聞いていたのですが、馬場部長の方で設計図を書くということだったので、てっきりその後、変更があったのかと思って」

「なんでそういうふうになるんだよ。地下がないのはおかしいって知ってたんだろ」

部内の視線は二人の言い争いに釘付けだった。傍で様子を窺っていた新橋が二人の間にしゃしゃり出てくる。

「まあまあ。しょうがないじゃないですかー。前向きに行きましょうよ」

「どうしてそんなに能天気になれるんだ！」

真向かいのデスクにいる袋は思い立ったかのように、机の上の電卓でさっと計算をする。

「ざっと見積もって、地下の追加で10億の赤字でしょうかね。社長もさぞお怒りだったでしょう」

「10億!?」

大崎が思わず目を丸くする。渋谷がソワソワと動揺する。

「何か僕たちにできることは……」

功一はキョロキョロと部署のメンバーを見回した。どの顔も自分を陥れようとしている敵にしか見えなかった。

「お前たちに任せられない。自分でなんとかする！」

功一ははらわたが煮えくりかえる思いを抱えながら、パソコンを立ち上げ、新たな設計に取り掛かった。

上司の異様な姿に、部下たちは誰も声をかけられない。息を殺して見守る中、スマートフォンへの着信をきっかけに、品川が席を外した。着信を知らせる画面に「営業部長　神田」という表示が出たことには誰も気づかなかった。

14

神田が行きつけにしている居酒屋は、会社から二駅ほど離れた場所にある。客席数は20席ほどの小さな店だが、奥に座敷があり、人目を避けて飲み食いできる。神田の指定席とも言えるその空間にやってきた品川に、神田は明るく声をかけた。

「おお、よく来たな！」

先に頼んでいたビールのジョッキを品川に掲げて見せる。通りがかった店員に「私も同じものを」と品川も注文を告げた。品川のジョッキが運ばれてくると、二人は乾杯した。

「お疲れ様です」

細身でイケメンの神田と、大柄で牧歌的な顔立ちの品川は対照的なコンビに見える。まるで牛若丸と弁慶といったところだ。1杯目のビールを颯爽と飲み干し、それぞれが2杯目を注文したところで、神田が本題に入った。

「馬場部長はどうだ?」

「だいぶやられてるようです」

「俺の指示通りに動いてくれてナイスだった」

品川は神田から事前に、功一が何か大きなミスをしても見ぬふりをしておけと指示されていた。品川はもちろん、功一が作った設計図に地下がないことに気づいていたが、神田の指示に従った。

「鹿児島の方でちょっと活躍したからって、本社でも通用すると思うなよな」

二人は不敵な笑みを交わし合った。

「でも、松野病院の件は、神田さんにとってもだいぶ痛手ですよね」

「いつか馬場部長がミスをすると思っていたけど、まさかこんなに早いとは思わなかった。分かっていると思うが、これは全てシナリオ通りだ。俺はこういう時のために、理事長とは日頃からコネを作っている。地下の追加予算だが、10億はさすがに無理でも、5億までは引っ張ってこられると思う」

「さすがですね」

品川は興奮した面持ちで神田を称賛した。

「それを見越して、45億で設計の見直しができるか」

「はい、それならできます！」

品川の目は輝いていた。

「馬場部長の方は、当初の予算の40億で実現できる修正案を持ってくるはずだから、品川案が通るように斡旋するわ」

「ありがとうございます！」

「お前が部長に昇格して、俺の取締役への昇進も後押ししてくれよな」

神田と品川が掲げたジョッキは、高らかに鳴り響いた。

第4章　写真家・森川中道に酔いしれる

15

設計図の再提出という宿題を抱えた功一は、その日から連日徹夜で働いた。管理職であるため時間外労働に制限はないが、会社も最近は残業に対して厳しく、21時には完全消灯と定められている。そのため彼は、自宅に持ち帰って作業を続けた。

部署の社員には、地下を作ることを前提に積算の作業を指示した。材料費や人件費などの予算を細かく計算する作業である。功一としては、地下を造るには、建物を五階建てから三階建てにするしかアイデアはなかった。それでも40億円に収まらないため、得意とする外光をふんだんに取り入れる構想を諦め、標準的な窓の大きさに変更して、費用をさらに抑えた。くわえて、入院患者の収容人数を担保するために、多目的スペースを病室に変更するといった工夫も施した。

本来なら部下に頭を下げて、協力を仰ぐべきだが、功一のプライドがそれを阻害する。そして、ただただ檄を飛ばした。「ミスをするな」「失敗は許されない」社員たちは上司の指示を受け、馬車馬のように黙々と作業をこなした。

夕飯は毎日、帰宅途中にあるラーメン屋であった。注文するのはいつも、とんこつラーメンの背脂増し増し。パーキンソン病を抱える身体に良くない、と思いつつ唯一のストレスの発散をやめられなかった。

週の後半になると疲労が蓄積し、薬を飲んでも左手の震えを止められなくなった。仕方なく、指定された量の3倍を服用した。そのため3週間分処方された薬が早々に切れかけた。医師の師岡からは、功一の負担を考慮し、自宅近くのクリニックを紹介されていた。土曜日にはそのクリニックに出向き、薬を受け取ろうと考えた。薬が早くなくなったことは、出先で落としたせいにしよう、と企んでいた。

修正案は金曜日の夕方に完成した。理事長に指定された期日前に、新しい設計図を提出できたことには、小さな安堵を覚えた。

そんな上司に部下たちが向ける視線はとても冷たかったが、彼はそれに気づくこともできなかった。功一は、連日の徹夜で精も根も尽き果てており、その日は食事も取らず、帰宅するとベッドに倒れ込んだ。

16

土曜日、目が覚めて時計を見ると、午前10時半を少し回っていた。どうやら、泥のように眠りこけたようだ。

リビングには誰もいない。恵と鈴涼は夜まで外出、と言っていたことを思い出す。頭が少しずつ鮮明になり、薬を取りに行くために、新しいクリニックに行く予定があったことも思い出す。土曜日なので、受付は12時までだ。

慌てて着替えようとバタバタする中、リビングのテーブルに鮮やかなデザインのチラシを見つけた。ダンススクールの申込書であった。表面に書かれた詳細を読み、裏面に恵の署名を発見する。頭に血が上った功一は、申込書を丸めてゴミ箱に放り込んだ。時計を再び見て、大慌てで寝室に戻って着替え、そのまま家を飛び出した。

息も絶え絶えクリニックに辿り着いたのは、11時58分。初診の手続きを済ませて、待合室のソファで背もたれにぐったりともたれかかる。

自分の呼ばれる番が来るまで、ぼんやりと天井を見上げながら息を整えた。自分の人生はどうしてこんなにも何かに追われ続ける毎日なのだろうと思うと、胸が締め付けられるようであった。

いつしか居眠りをしてしまったようで、自分の名前が突然呼ばれてハッと意識が戻った。個人経営のクリニックなので、診察室は一つしかない。功一は看護師に促されて診察室のドアを開けた。

入室してきた患者のやつれようを見て、医師は眉間に皺を寄せた。

「こんにちは。こちらへどうぞ」

功一はゆっくりと椅子に腰を掛ける。

「服部と言います。師岡先生から馬場さんの詳細を伺っています。その後、経過はどうですか？」

「良いみたいです」

「薬の効き目はどうですか」

「最近仕事が忙しくて」

指示された薬の量を増やしていることは打ち明けなかった。服部は、功一に診察室を何回か往復させ、指示した単語をひらがなで書かせるなどの簡単なテストをさせた。

「現状がよく解りました。最近運動はしていますか？」

「仕事が忙しくてそれどころではなくて……」

「では、師岡先生が勧めた『PD SMILE』は継続して行ってください。馬場さんと同じ若い年齢の方もいらっしゃると聞いています」

「あんなのは子ども騙しですよ」

「そんなことはないですよ。代表の中野君は、私の大学の後輩でもあり、理学療法士としても活動しています。長年の実務と豊富な知識に基づいて提供しているリハビリの内容は素晴らしいものです。運動療法は、馬場さんのパーキンソン病の進行を抑えるのに必ず役立ちます。中野君とも連携をとって、馬場さんのフォローをしますので、欠かさず通ってください」

功一は、明らかに気乗りのしない表情を浮かべながらも小さく頷いた。

その後、薬局で薬を受け取り、帰路についた。その車中でふと家に誰もいないことを思い出し、不意に電車の車内から見下ろした駅の街並みが目に留まった。賑わいのある人通りに、昭和の匂いを感じる、どこか懐かしい商店街が姿を見せた。電車のアナウンスは「高円寺」と告げている。そういえば、最近高円寺の地名を耳にしたな、と思い返し、電車が停まるのを待ってホームへと降りた。

改札口を出ると、ヒッピー風の若者やドレッドヘアの垢抜けた中年が闊歩していた。初めて目の当たりにする街の雰囲気に戸惑いながらも、北口のロータリーの方へ向かった。目の前では、若者たちが三々五々のグループを作り、大声で歌を歌っている。缶酎ハイを片手に陽気に踊っている者もいる。

都内にこんな場所があることが不思議に思えた。ど派手なスカジャンを表に飾っている古着屋や、美味しそうなおかずを無造作に並べている惣菜屋を冷やかしていると、異世界に迷い込んだかのような感覚に陥った。焼き鳥の匂いがいたるところで漂っている。朝から何も口にしていなかったことを思い出した功一は、偶然見つけたレトロな立ち飲み屋の暖簾をくぐった。

店内はすでに満席に近く、カウンター席は客がひしめき合っていた。隣同士が譲り合うように立っている。功一に気づいた客たちが、席を詰めてスペースを作ってくれた。テーブルには手書きで書かれたメニューが置かれており、キムチ100円、おしんこ150円、もつ煮200

円と目を疑うような価格が書かれている。若者から白髪の高齢者まで、客同士が同級生のように親しげに会話し、盛り上がっていた。聞き耳を立てると、昭和のロックの話から、文豪や歌人の話、はたまた直近で行われる競馬など、日頃聞き慣れない話題ばかりだった。

カウンター席の向こうの狭い厨房からは、親子と思しき男女の店員が、調理とオーダーを分担している。高齢の女性店員が笑顔を向け、功一に尋ねてきた。「何にしますか?」

「ハイボールともつ煮込みを」

店員はメモを取り、オーダーをもう一人の男性店員に伝えると、すぐさま別の客の対応に移った。店内の掲示物を物色していると、隣にいた筋肉質で薄毛の男性が、箸立てから箸を取り出して、功一に差し出した。

「ここ初めて?」

「ええ、まあ……」馴れ馴れしい客の態度に功一は戸惑いを隠せない。

「キャッシュオンスタイルねー」

その客はカウンターに人差し指を差す。辺りを見回すと、どの客の前にも千円札や小銭が置かれていた。功一はこの店の仕組みを理解すると、財布を取り出して千円札を一枚カウンターに置いた。

「はい、ハイボールともつ煮ね」

店員がそれらをぶっきらぼうに置くと、目の前の千円札を拾い上げ、小銭をそこに置いた。

隣の客は功一の顔を覗き込み、自分のグラスを持ち上げると、「ウイッ」と乾杯を促した。功一はそのままグラスを持ち上げて、照れくさそうに彼とグラスを合わせる。

「俺、廣木」

「私は馬場です」

「馬場さんは、この辺に住んでるの？」

「初めてでして、高円寺……。最近チラッと、町の噂を聞いたもんで」

「噂だけ？　ここめっちゃいいっしょ！　俺ね、学生時代は留年ばっかで、その学生時代からここに住み続けてかれこれ25年だけど、一度住んだら離れられなくて」

はにかみながら客は笑った。その言葉に驚きながら、功一はもつ煮を箸でつまんだ。

「うまい！」

初めてと言っても過言ではない濃厚な味噌の味わいに、思わず虜になってしまった。

厨房の男性店員は、「ありがとう！」と白い歯を見せた。

リラックスした功一は注文を重ね、廣木という隣席の客と屈託ない会話を続けた。話す中で、偶然にも同い年であることが分かった。

廣木はアルバイトを続けながら、舞台俳優の活動をしていた。俳優と言っても映画やテレビに出るような有名人ではなく、自分が出演する舞台のチケットを自分の力で売りさばき、その一部がギャラとして還元される仕事をしているそうだ。舞台の直前は数週間、毎日のように稽古をして、それでもせいぜい週に一万円ほどしか入ってこない。そのため、稽古がない日は朝晩バイトに明け暮れるそうである。

「じゃあ、今日もこの後バイトがあるんですか？」

「ああ。てっぺんからビルの警備員。朝に帰ってきて、明日は昼からマック。さすがに酒呑んだ直後に警備はできないから、これから少し仮眠するけどな」

功一は首を傾げた。「てっぺんってなんですか？」

「え？　夜の12時のことだよ。おたくの業界では言わない？　うちらはしょっちゅうてっぺん越えの毎日だよ」

廣木は高らかに笑った。功一は普段触れることがないジャンルの人間に唖然とした。

「廣木さんみたいな人、初めて会った」

「あ、そう？　高円寺じゃわんさかいるけどね。俺みたいにバイトをずっと続けているダメなおっさん？」

「この年になるまで就職したことがないなんてありえない」

酒が回ったせいもあり、功一は自制が効かなくなっていた。廣木の目つきが突然変わったことにも気づけなかった。

「馬場さんは、今の仕事、楽しいの？」

「仕事が楽しいなんてありえないでしょ」思わず嘲笑うかのように答えた。すると、廣木は熱く語りだした。

「俺は楽しいよ。何が起きるか毎日分からないし。いろんな人と出会えて、夢を語り合えて……」

「それは負け惜しみでしょ。バイトしかやったことない奴の」

店の近くを通っている列車のブレーキ音が店の中まで響き渡る。

「あんたさ、何のために仕事してんの?」顔を紅潮させて、廣木が尋ねた。

「金稼ぐために決まってるだろ。俺には家族がいるんだよ。あんたみたいに気楽な独身じゃないんだよ」

「あー! お前さー、それじゃ奴隷と一緒じゃんかよ!」

甲高い声に、他の客たちの視線が集まる。店員が慌てて二人を宥めるが、白熱した口論はさらに激しさを増していった。二人は感情を抑えきれずに怒鳴り声を発した。

「廣木さん、落ち着いて」

「お前は黙っとれ!」

「就職したことすらないお前に何が解るんだよ!」

「あんたたち、出ていってください!」

今まで優しげに振る舞っていた女性店員が、凜と声を張り上げ、力づくで二人を追い出した。

外はすでに夜の帳が下りていた。

「あんたたち、これから出禁ね!」

店員は力任せに扉をきつく閉めた。功一は廣木と喧嘩をする覚悟で、震えている左手を握りしめながら構えている。そんな功一とは対照的に、廣木は冷静な顔つきを取り戻していた。

「やらねーよ。お前が何の仕事をしているかしらねーけど、自分の人生を生きてない奴なんて、つまらねー台本を無理くりやらされている芝居のようなもんだぜ」

そういうと廣木は、振り向きもせずにその場を立ち去った。功一は、怒りが収まりきらず、廣木を一瞬追いかけようとも思ったが、左脚が強張り走ることができなかった。くわえて、廣木が伝えたことは少なからず自分の触れられたくない核心であったこともあり、それ以上廣木と向き合うことができなかった。

17

時計を見ると、すでに夜8時を越えていた。こんなに長い間、立ち飲み店に居たとは。廣木との諍いに胸の内をくすぶらせたまま帰宅するのもしゃくだったので、路地裏を回遊し、もう1杯くらい呑んでから帰宅しようと考えた。

初めて歩き回る高円寺の夜はお祭りのような賑やかさで、学生の頃に戻ったような感覚に耽ることができた。どの店を覗き見てもすし詰め状態で、空いている店をなかなか見つけることができない。暗がりの路地に潜り込み、静かめな店を探し歩いていると、『人間失格』という看板が視界に飛び込んできた。太宰治の『人間失格』を思い返し、今の自分にぴったりだと、吸い込まれるようにその店があるビルの二階に入った。

古い雑居ビルの狭い通路を進んでいくと、奥まったところにその店はあった。俗にいうバーであったが、功一は今までバーに一度も入ったことがなかった。店の前まで来ると、入り口でふと立ち止まり、一旦気持ちを落ち着かせた。

『人間失格』という名前からして、怖い客が沢山いるのではないだろうか。先ほどの店での廣木との一悶着もあり、急にためらいだした。独特の雰囲気を醸し出している店の中を覗いてみたいという気持ちと葛藤しながら、このまま歩き回っても埒が明かないだろうと考え、ゆっくり店の扉を開けた。

入店すると、薄明かりの店内にテーブル席が二つとカウンター席があった。カウンター席には、男性が一人で本を読んでいて、奥では女性が二人で談笑している。

「い、いらっしゃいませー」カウンターの向こうからマスターらしき人物が声をかけてきた。ほっそりとした長身。滑らかな坊主頭に丸めがね――店構えから厳めしそうな人物を想像していた功一は肩すかしをくらってしまい、一瞬、ポカンと口を開けてたたずんだ。

とはいえ、先ほどのような喧嘩になる相手ではなさそうだ、と考えを改め、勧められるままカウンターの端っこに腰を下ろした。

「こ、こちら初めてですよね」

「ええ、まあ」

「な、何を呑まれますか？　ウィスキーからカクテルまで一通り揃ってますよ」

「じゃあ、ウィスキーをロックで」とオーダーをした。

「め、銘柄とかご希望ありますか？」

「お任せでいいよ」

「は、はい。かしこまりました」とマスターは功一に背を向けて、棚から細身のボトルを取り出した。適度な距離から話しかけてくるマスターに、少しだけ気が楽になった。店内を見回すと、ジョン・レノンとオノ・ヨーコの似顔絵や抽象的な絵画、造形が、所狭しと飾られていた。

「こ、高円寺にお住まいで？」

ウィスキーをバースプーンでかき混ぜながらマスターは功一に問いかけた。マスターはどもり癖があり、イントネーションには東北弁と思しき独特の訛りがあった。

「実は初めてで……不思議な場所ですね」

「こ、高円寺はミュージシャンや作家さんが多いんですよ。そ、そこに貼られている作品やポスターも常連さんのです」と、ウィスキーの入ったグラスを功一に差し出した。ウィスキーをそっと口に含むと、芳醇な甘さとスモーキーな余韻が口いっぱいに広がった。

「これ、いいね」

思わず声のトーンが上がる。

「そ、それはよかったです。ボ、ボウモアって言います」

功一はあっという間に一杯目を飲み干して、お代わりを頼んだ。

お店の雰囲気にすっかり慣れ、酔いが再び回ってきた。ふと目線を目の前に向けると、功一が持っているものと同じ森川中道の写真集が展示されている。パラパラと捲り、思わず森川の世界観に浸った。マスターは他の客のことを気にかけながらも、初来店の功一にはこまめに話しかけた。

「と、ところで、普段はどんなお仕事を？」

功一は震える左手の指先で、森川の写真集を誇らしげに指差した。

「し、写真家さんですか？」

首を傾げるマスターを尻目に、功一はしたり顔で無言のまま、何度も写真集の表紙を指で叩いた。

「え？　も、もしかして、も、森川中道……さんですか？」

店の奥にいた女性の一人が功一の方を向き、手のひらで口元を覆った。

「えー！　あの森川中道さん？」

もう一人の女性が首を傾げる。

「誰なの？」

「メディアに一切顔出ししない有名なプロカメラマン！」

森川がメディアに顔出ししないことを、功一はもちろん知っている。だからこそ、なりすますことができるのだ。

期待通りの反応に功一は思わず口元を緩ませた。隣で読書をしていた男性も慌てて本を閉じ、功一の方に向き直った。

「え？　あなたがかの有名な森川先生……お目にかかれて光栄です」

差し出してきた両手を握り返そうとしたが、その瞬間、左手が震え始めた。とっさにその手を引っ込めて右手だけで両手に応えたので、不自然な握手となった。

「先生、ご体調でも悪いんですか？」

男性に問われて、とっさに嘘をついた。「いや、職業病でね。シャッターを押し続けているから、時々筋肉が痙攣を……」

「先生、実は私こういうものです」男性は胸ポケットから名刺入れを取り出して、自分の名刺を差し出した。

「芸術系のライターをしております大槻と申します。かねがね先生の作品を拝見しており、いつかご挨拶をさせていただきたいと思っていたところでした。なかなかご縁がなかったので、こんなところで巡り合えるなんて……」

大槻は目の前のワインを意気揚々と飲み干した。その光景を傍で眺めていた女性も、功一のもとに駆け寄ってくる。

「先生、お名刺いただけますか？」

功一は一瞬、動揺した。

「いや、私は名刺を作ったことがないもので」

功一のその返答に、女性は思わず歓喜の声を上げた。

「えー！　私、実は駆け出しのデザイナーなんですよ。青柳真珠《まこ》っていいます。先生の大ファンなので、良かったら先生の名刺を作らせてもらえませんか？　もちろんタダで！」

突然の申し出に思わず顔が強張る。嘘と言えども、他人の名刺を作ることにいささか抵抗を感じないわけではなかった。けれども、仕事で使うこともないだろうし、何か被害を受けることもないであろう、と考えた。

「ああ、まあいいよ」

「本当ですか！」

青柳は飛び跳ねるように喜んだ。それを見ていた大槻は、青柳を押し退けるようにして、功一に迫った。

「あのー。先生は取材をなかなかお請けいただけないと伺っているのですが、ぜひ私どもの『芸術秘宝』という雑誌で取材をさせていただくことはできませんでしょうか。謝礼は少なくて申し訳ないのですが、通常は3万円のところ、私が大ファンということもあって今回はこれで……」

大槻は両手を広げてアピールした。両手の指の数から、謝礼が10万円という意味なのだろう。

思いがけない金額に、功一の顔は思わず固まった。有名人というのは、一回でそんなに高額な謝礼をもらえるのか驚くとともに、名前を言うだけでこんなにもてはやされるものなのかと初めて思い知らされた。すっかり有頂天になった功一は、深い酔いのせいか、もはや森川中道さながらの口調であった。

「ああ、いいよ」

「本当ですか！　ではＬＩＮＥか携帯番号を……」

「明日こちらから電話するよ」

青柳の連れと思しき女性客が、遠慮がちに功一に声をかけてきた。

「先生、私、来月結婚するんですけど……もしよかったら、前撮り撮っていただくことってできませんか？」

それを聞いて青柳は顔を曇らせた。

「小島さん、それはダメですよ。とっても忙しい先生なんだから……」

ここまで来れば、何でもありだと考え、陽気に返事をした。

「いいですよ。せっかくのご縁ですから」

思いがけない功一の回答に、店の中の全員が思わず目を見開いた。小島は喜びの声を上げた。

「いいなー。私も早く相手を見つけたいな」

功一を中心として、店内の客たちが一瞬で繋がった。点と点を線にし、面にする影響力の大きさに功一は酔いしれた。嘘でも人がこれだけ喜ぶのであれば、後ろめたいことなど何もない。自分にそう言い聞かせた。

　カウンター越しに見つめるマスターの渋面に、彼が気づくことはなかった。

18

「いま何時、そうねだいたいね〜♪」

　功一は滅多に歌わない鼻歌を歌っていた。高円寺での出来事があまりに楽しく、有頂天であった。時刻はまさに〈てっぺん〉を回っていた。玄関を開け放ったまま、ご機嫌で歌う功一に、恵は慌てて駆け寄った。

「あなた、近所迷惑！　何時だと思ってるの？」

　リビングに辿り着く前に功一は力尽き、床に転がった。異様な状況に、鈴涼が目を擦りながら起きだしてくる。

「くっさ！　ママ、そんな人、放っておけばいいのよ！」

　鈴涼の顔を見て、功一は今朝見つけたダンススクールの申込書のことを思い出した。突然起き上がり、ゴミ箱から丸めた申込書を引っ張り出した。

「鈴涼、なんだこれは？」

「あー、探していた申込書！　こんなにぐちゃぐちゃにして」

功一は恵の方に顔を向いて大声で問い詰める。

「どういうことだ、説明しろ！」

恵は申し訳なさそうな素振りを見せた。

「相談しようとしたのよ、何度も。でもあなたが聞く耳を持ってくれなかったじゃない」

「ダンスよりも勉強だろ。高校受験はどうした？　まともな高校に入れないと、お先真っ暗だぞ！」

その言葉に鈴涼はきつい視線を功一に向けた。

「そうやっていつも決めつける」

「俺は、実体験を話してるんだよ」

「パパはホントはカメラマンになりたかったんでしょ？　自分の夢を叶えられなかったからって、私に当てつけないでよ！」

功一は自身でも踏ん切りをつけかねている過去を娘に指摘され、一瞬言葉を失った。図星だからこその怒りがふつふつと込み上げてくる。

「何だと！」

理性よりも感情が先行し、気がつくと平手で娘の頬を張っていた。酔いのせいか、時間がコマ落としで進むように感じられた。足元にうずくまり、泣きじゃくる鈴涼を見つけて、「ああ、俺は本当に娘を殴ったんだな」と覚った。

次のコマでは、恵が目の前にいた。娘を背に、ものすごい表情で夫をにらみつけたかと思うと、力いっぱいのビンタをくらわせた。

予想すらしていなかった妻の反撃に、一瞬何が起きたのかが理解できなかった。その直後、燃えるような痛みが頬に弾けた。功一は立ち尽くしたまま動くこともしゃべることもできなかった。

恵は泣きじゃくる鈴涼を抱き起こし、二人は駆け足で自分たちの寝室に向かった。夜逃げをするかの如く、タンスから必要最小限の服を次々に引っ張り出して、ボストンバッグに詰め込んでいく。鬼気迫る勢いで荷造りする母の姿に気圧されたのか、鈴涼は人形のように固まったまま、母の作業をただ見守るだけだった。

荷造りが終わると、二人は逃げるようにして功一の横をすり抜けていった。放心状態の功一は、二人を追いかけることができず、ただ立ち尽くしていた。

妻と娘が玄関のドアを開けて家を飛び出していく。重厚な扉が閉まる鈍い音が、功一の頭蓋内で延々とこだました。

第5章　俺は人間失格ではない！

19

日曜日、目が覚めたのは正午過ぎであった。昨日起きた出来事は夢だと思いたかったが、腫れ上がった左頬の痛みが、功一に現実を突きつけた。左脚が硬直し、体を起こすのも一苦労だった。ジンジン痛む頬を震える手で押さえると、昨晩の出来事が走馬灯のように蘇ってくる。のっそりと起き上がり、ゆっくりした足取りで寝室に向かい、ベッドサイドに置いてある薬を口に放り込んだ。

重たい足取りでリビングに辿り着くと、嫌でも惨状が目に入る。配置がズレた家具、恵の鞄からこぼれ落ちた数点の衣服、割れた花瓶や横たわる人形……。目も当てられない状況に言葉を失い、錯乱状態に陥る。倒れ込むように散乱した部屋の中央に突っ伏して、悔し涙を流した。

どうしてこんな目に遭わなければならないんだ、と功一は強く世界を呪った。自分ばかりが不幸な目に遭うなんて、この世の中がおかしい。家族のために必死に仕事をしてきたことがどうして評価されず、むしろ恨まれ嫌われてしまうのか？

悔しさと怒りが入り交じる気持ちは時間を早回しにするようだ。気がつくと夕方になっていた。日曜日は『PD SMILE』の開催日であったが、無論参加できず、無断で欠席した。

忸怩たる思いを抱えながら、台所で食料を物色した。冷蔵庫には、牛乳やチーズ以外に目立つ食材はなかった。５００㎖のビールが数本入っていたので、気を紛らわせようと、一本取り出して口をつけた。喉をヒリつかせる炭酸が、彼の悲しみをあおり立てた。涙を堪えながら、台所の棚を手当たり次第に開けていく。食器や調理器具、調味料……。日頃全く触れることがない場所なだけに、扉を開けるたびにどこか不思議な感覚に襲われた。

頭上の棚で、備蓄してあったカップラーメンの山を見つける。雪崩落ちてこないように背伸びをしながら慎重にその一つを取り出した。やっとありつけた今日初めての食事を前にして、功一の腹が大きく鳴いた。お湯を沸かそうとヤカンを探したが、見当たらない。背面にケトルが置かれていることにも気づかず、鍋を取り出すと、それをコンロの上に置いた。コンロはＩＨになっていて、つまみ型の旧式のコンロしか触ったことがない功一には使い方が分からない。

あちこちいじっているうちに、ようやく鍋が温まりだす。じっと湯が温まるのを見守り、沸騰をしたところでスイッチを切った。鍋を持ち上げて、カップラーメンに注ごうとしたが、左手が震えて湯がこぼれた。

「あちっ！」

足にかかった湯の熱さに、鍋を放り投げた。風呂場に駆け込み、冷水を足に当てる。踏んだり蹴ったりの状態に涙がとめどなく溢れ出した。ふと、この光景を傍観しているもう一人の自分がいるような感覚になった。哀れな姿をしている自分を見て、なぜだか笑いが込み上げてきた。

その後、功一は寝室に向かうのも億劫になり、リビングで寝てしまった。

鳥の声で目覚め、時計を見ると、朝7時。会社に行くのも億劫だったが、松野病院の理事長との面談がある。あくびをしながら出社の準備を始めた。

カーテンを開けると、外はどんよりとした曇り空で、功一の気持ちを象徴しているようであった。クローゼットを開けると、ワイシャツが申し訳なさそうに一枚だけハンガーに吊るされていた。明日の分のワイシャツが無いことが心配になったが、まずは今日の面談を成功させよう、と気持ちを切り替えた。

薬を飲んだものの効きが悪く、15分も遅刻してようやく会社に辿り着いた。バツの悪い思いを隠して席に着くと、冷たい視線が功一に向けられた。チャラ男の新橋が一人ニヤけながら、茶化しに来る。「部長、遅いですよ。昨日遅くまで呑んでたんじゃないですか？」

言い訳を思いつく前に、神田が険しい顔でやってきた。

「馬場君！　出発の時間を過ぎてるぞ」

「ああ、申し訳ない……」

立つ瀬がなかった。神田は品川の肩を力強く叩いた。

「品川、今日はお前も同行するぞ」

「分かりました」

功一は思わず口を挟んだ。「私一人で十分だろ」

神田は品川の肩に右手を添え、淡々とした口調で言った。

「後輩を育てる意味でも同行させてもらえないか？」

品川はすくっと立ち上がり、神田と共に席を後にする。功一は二人の後を追いかけるしかなかった。

外はあいにくの雨空だった。功一の遅刻で出発が遅れたので、三人はタクシーで松野病院に向かった。病院に着き、通された理事長室でソファに座る功一の背中は重かった。それに比べて神田と品川は不自然に明るい表情をしていた。ヒソヒソと息の合った様子でやりとりをする二人の姿に、功一は不気味な違和感を覚えた。

部屋の扉が開き、理事長が現れた。出入の建設屋を大きな目玉で睨みつけるように見下ろす姿は、閻魔大王さながらである。理事長が着席すると、神田はすかさず功一に向かって、「馬場君、新しい設計案を見せたまえ」と指示をした。

功一は筒状のケースから印刷した図面を取り出すと、机の上に広げた。理事長はそれを持ち上げ、一枚一枚舐めるようにして眺めた。功一はその間、一言も発することができず、俯いたままでいた。

最後まで見終えた理事長は、いきり立って図面を机に叩きつけた。

「なんだ、これは！　五階建てが三階建てになっているじゃないか」

「地下は地上階の３倍の予算がかかるため、これしか方法がなく……」

「君たちのミスなんだから、私の希望通りのものを作ってくれなければ困る！」

理事長は傲然と腕を組んでそっぽを向き、功一には一瞥もくれなかった。当然と言えば当然の叱責を受け、功一は返す言葉がなかった。

しおたれる同僚を尻目に、神田が口を開いた。

「理事長。こちらが先日お話したＢプランです」

品川がすかさず鞄からタブレットを取り出すと、設計図らしき画像を理事長に見せた。

「追加の５億で調整したプランになります。足りない５億の分は建築資材のランクを落としました。また、複数に分けていた診察室を大部屋に変えて、パーテーションで仕切る工夫により、コストをさらに抑えました」

聞いたことのない内容に、功一は思わず耳を疑った。自分の知らないところで行われていた裏工作に怒りが込み上げ、思わず声が出た。

「品川！」

理事長は品川の説明に安堵の表情を見せ、ソファの背もたれに上体を預けた。

「まあ、これなら仕方ないな。君たちの先代にはとても世話になったからな」

「ありがとうございます！」

神田は品川と顔を見合わせ、満面の笑みを浮かべた。

20

病院のエントランス前にはタクシーを待つ長蛇の列ができていた。三人は傘を差して駅まで歩いていくことにした。軽快に歩く神田、品川の二人と比べるまでもなく、功一の足取りはひどく重たかった。足首に鉄球をくくりつけられた罪人のように、ノロノロと歩くことしかできない。前を歩く二人を懸命に追い、線路下の通路でようやく追いついた。

「神田さん！　追加の5億なんて聞いてないぞ！」

「百戦錬磨の馬場部長なら、40億でも行けると期待してたんだぜ。こちらはあくまでBプランだ。君のプランがダメだった場合の」

功一は品川を睨みつけた。「品川、抜け駆けしやがって！」

品川は功一の方を見向きもせずに、背中を向けたまま言い放った。「会社に遅刻してくるような人に、社運をかけた重要案件は任せられないでしょ」

二人は功一を置き去りに、すたすたと歩み去った。

功一は一人、とぼとぼと歩いた。傘を持つ手が震え、うまく掲げることができないので、右手を使った。傘は頭を守る程度で、首から下はびしょ濡れになった。

見すぼらしい格好で帰社した功一を出迎えてくれたのは、大崎一人だった。他の社員たちは、大金星を挙げた品川を取り囲んで談笑している。

「品川さん、さすがっすね！」

「この設計図、モチベーション上がる！」

「品川部長の日も近いですよね」

大崎はどこかから持ってきたタオルを功一に手渡した。濡れたスーツを拭きながら聞く部下の笑い声は、功一の胸に鋭く突き刺さった。

「そういえば、先ほど大塚副社長が来られて、馬場部長が戻ったら社長室に来るようにと……」

「ああ……」

背筋に冷たいものが走るのを感じた。鞄をデスクの脇に置くと、重たい足取りで社長室へと向かった。社長室の扉がいつもより大きく感じられる。ノックをしてから恐る恐る扉に手を掛け、覗き込むように入室する。

下手を打った部下を迎える社長の表情は彫刻のように硬く、眼差しは厳しかった。

「お呼びでしょうか……」

「……馬場君。今回の一件、神田君や品川君たちに救われたそうじゃないか」

「いえ、それは……」

近くでどら焼きを頬張っていた副社長の典子が、億劫そうに立ち上がると、功一に一枚の書類を突きつけた。

——営業課長への降格を命じる辞令だった。

「社長！」

思わず甲高い声で食ってかかろうとした功一を大塚が制した。「君の部署にいる社員から、芳しくない話を最近頻繁に聞いていてね。今日の一件を受けて早めに決断をしなければ、と思ったんだよ。鹿児島支社長からの強い推薦だったので期待していたが、東京では使いもんにならなかったということだな」

大塚は爪を磨く手を止めず、犬を追い払うような仕草で功一に退出を促した。

部署に戻ると、部下たちは顔も上げずに各々の作業を続けていた。自分から降格の話を切り出せないまま、功一は退社のチャイムを待って、無言で会社を後にした。

見上げると灰色の厚い雲が空を覆い、冷たい雨が静かに都会を濡らしていた。傘を差し家路を急ぐ人たちの隙間を掻い潜るように、功一は傘を差さずとぼとぼと歩いた。家庭も地位も失った彼の視界には、絶望しか映っていなかった。

長年の努力は何のためのものだったのだろうか。俺の人生はなんだったのだろうか。虚しさが胸を強く締め付けた。

道端の水たまりを避ける気力もなく、びしょ濡れの功一には、雨の冷たさが骨の髄まで染み込んでくる。すれ違う若者の笑い声は、別の次元から聞こえるように感じられた。喧騒から逃げるようにして、薄明かりの路地裏へと足を踏み入れる。ゴミ捨て場を漁っていた野良猫が功一の前を素早く駆け抜けた。猫が向かった先に視線を遣ると、雑居ビルの裏口の扉が開いているのが見えた。そのビルに誘われるようにして入ると、螺旋状の階段がぼんやりと影を落としていた。

行き場を無くした功一にとって、この階段は唯一の逃げ道のように感じられた。手すりを頼りに、一歩ずつ上がっていくたびに、自分が自分で無くなる感覚に陥った。

ようやく上がり詰めた最上階の扉を開けると、そこは無機質な屋上が広がっていた。誰もいないその空間に立ち尽くす彼を、雨が容赦なく打ち据えた。社長の言葉や仕草、社員の嘲笑う声を思い起こし想像すると、悲しみと絶望がとめどなく襲いかかってくる。

吸い寄せられるようにして屋上の縁に近づいていった。見下ろすと、民家や店舗、オフィスの明かりが見えた。暖かく幸せそうな明かり一つ一つから、功一のふがいなさを嗤う声が漏れ、雨空に立ち上っていくように感じられた。

涙がとめどなく溢れてくる……。

鉄柵に両手を掛け、左足、右足とゆっくりコンクリートの基礎に載せた。

――このまま全てを終わりにしよう。

鉄柵をまたごうと左足を振りかぶるように大きく上げた。しかしながら、最後の踏ん張りが利かず、上げかけた足は力なく屋上の水たまりに落ちた。鉄柵に頭を擦り付け、縋るように縁を握りしめる。そして天を崇むような格好で子どものように泣き喚いた。

過去の出来事が頭の中を渦巻き、とめどない後悔の念が押し寄せてくる。時間を巻き戻せたのなら、もう一度やり直したい……。

ジャケットの内ポケットに畳んで入れていた辞令を広げた。はっきりと「営業部課長」の文字が刻まれている。プライドはおろか、自分の命でもあった設計の仕事を奪われたことに、悔しさが込み上げてくる。

容赦なく打ち付ける雨に、辞令は見る見るしわくちゃになっていく。突然吹いた強風が絶望を記した紙片を奪い去った。功一は崩れ落ちるようにして、その場にうずくまった。

家族を支えるために必死になって働いてきた。仕事では努力して成果を上げ、会社に尽くしてきた。それなのに家族も会社からも見放されるなんて、世の中はなんて不条理なんだ。パーキンソン病だって、自分ではなくて、もっと怠けている人間が罹ればいいんだ。世の中にはニートや引きこもりが沢山いるのだから、世の中のお荷物になっている奴がなればいい。そうすれば、自分のように優秀な人間が活躍できて、社会を支えられるんだ。

打ちひしがれる功一の姿は、遠吠えをする負け犬のようであった。鞄から手帳を取り出し、挟んでいた一枚の写真を取り出した。鈴涼がまだ幼稚園児だった頃、お遊戯の発表会終わりに撮ったものだ。ドレス姿で少し誇らしげに胸を張る娘を間に、恵と功一が一対の微笑みをたたえている。

失ったものの大きさに涙はいつまでも止まらない……。

冷たい雨に打たれながら、功一は都会の夜にかき消されていった。

21

自宅に帰り着いたのが何時なのか定かではなかった。どうやって帰宅したかも記憶が薄れている。びしょ濡れで玄関のドアを開けた功一は、スーツを脱ぎ捨て、ワイシャツとトランクス姿でソファに倒れ込んでいた。

翌朝は発熱があり、起き上がるのも一苦労であった。熱を測ると38・５℃。朦朧としながら会社に電話をかけて休むことを伝えた後、布団の中に潜り込んだ。

夕刻になり目が覚めたが、何から手をつけたらよいかが全く分からなかった。とりあえず、食料だけはカップラーメンが備蓄されていたので、それを食べることにした。洗濯や掃除は、熱が下がってから取り掛かろうと考えた。

寝室で寝るのは億劫に思えたので、リビングのソファに寝転がった。冷凍庫からアイスノンを取り出し、風呂場で見つけたタオルをアイスノンに巻き付けて額に当てた。

さすがに妻に縋りたいと考えて、ＬＩＮＥでメッセージしたものの既読が付かなかった。思い切って電話をかけてみようかと考えたが、その勇気は出なかった。

誰もいないリビングに無機質な時計の音だけが鳴り響いていた。社会から一人取り残された感覚になり、不安がとめどなく押し寄せてきた。その不安をかき消そうと、テレビのリモコンを手に取った。テレビでは、ワイドショーをやっていて、コメンテーターが昨今の出来事をテーマに討論を行っている。だがその内容は、功一の耳には一切入ってこなかった。

無気力のまま熱との戦いが数日間続き、金曜日にようやく平熱に戻った。しかし、来週から会社に行くほどの気力は全く湧かなかった。一時間ほど考えて、今まで使うことが無かった有給休暇を使うことにした。有休を取らなければならない、と制度上決まっていても、功一のような仕事の仕方では、それが機能することは皆無であった。電話で総務課に尋ねたところ、病欠で休んだ日も合わせて、40日は使えるということだったので、そのまま全部使うことにした。これから2か月弱は何もしなくてもいいということになる。

気持ちが少し楽になると、急に腹が減りだしたので、台所の棚を開けた。あれだけ残っていたカップラーメンはすでに底をついていた。そこで、買い出しのために、近くのスーパーに渋々出かけることにした。

平日の日中にスーパーに行くのは大人になって初めてだったので、どこか気恥ずかしい感覚であった。左半身が思うように動かないため、カートにカゴを載せて、それに寄りかかるようにして歩いた。生鮮食品や野菜売り場を物色するものの、料理ができないので、そのまま素通りして冷凍食品売り場に向かった。そして、カニクリームコロッケや唐揚げ、エビピラフなどをごっそりと買い物カゴの中に入れた。インスタント食品売り場でカップラーメンとカップご飯をそれぞれ5個ずつカゴに放り入れた。飲料売り場で５００㎖のビールを6本購入して家路についた。

家に戻り、溜まっている衣類を洗濯しようとしたが、乾燥付き洗濯機はやたらとボタンが多く、使い方が分からない。辺りを見回して見つけた液体洗剤を乱暴に入れて、適当に操作したら、洗濯機が回り始めた。

ふと名刺が3枚、床に落ちているのに気づいた。拾い上げてみると、先週バーの客からもらった名刺だった。一枚は芸術ライターの大槻のもの、次の一枚は名刺を作りたいと言ってきた青柳、最後の一枚は結婚式の前撮りを依頼してきた小島のものだった。

リビングに行き、レンジで唐揚げとエビピラフを温めながら、大槻と小島の名刺に書かれていた電話番号にそれぞれ電話をしてみた。二人とも功一が森川の名前を名乗ると、明るい声で反応した。そして、大槻の取材と小島の前撮りの日取りがすぐに決まった。

上機嫌で電話を切り、レンチンした食事をテーブルに並べる。冷蔵庫から缶ビールを取り出して喉を湿らせると、湯気が立ちこめる料理を、ビールと共に胃袋に流し込んだ。久しぶりにカップラーメン以外の食事をとれた満足感は意外と大きかった。あっという間に完食をして一息つくと、ほろ酔い加減が心地よかった。

こんなにゆっくりとした生活は、いつぶりだろうか——。

思えば20代から働き詰めで、結婚をしても家庭を顧みず仕事に専念してきた。会社の期待と昇進、家族を支えている責任がいつも背中に重くのしかかっていた。負けてはいけない、逃げてはならないと考え、走り続けてきた。50歳を前にして、こんなふうに自分の時間を大切にしてもいいのではないかと、思い始めた。

そんなことを考えていると、高円寺のバーのことが自然と思い返された。

――『BAR人間失格』

俺は、人間失格なんかではない、「人間、合格」だ。全て順風満帆にやってきたはずなんだ。俺のことを評価できない会社や家族こそ、「失格」だ。

自分にそう言い聞かせると、功一の足は自然と高円寺に向かっていた。

22

それからというもの、功一は日中、自由に時間を過ごし、夜は家で食事をした後、毎晩のように『人間失格』に入り浸った。『人間失格』では、偽物の森川中道であることを疑う者はいなかった。森川の名前を出すだけで、客は驚嘆し、そして好奇の目を寄せてくれた。ちやほやともてはやされるのがあまりに心地よく、王様になった気分だった。震える左手を人知れず庇う王様だったが……。

毎週日曜日に開催されている『PD SMILE』には、クリニックの医師の手前、２週間に一度、参加をしていた。施設で功一は、メンバーに対して上から接するのが常で、彼らに話しかけられても、言葉少なく適当にあしらっていた。運動をする時も、毎回最後方で隠れるように座っていた。無論やる気などひとかけらもないので、やっているふりをして、適当に誤魔化した。

のんべんだらりとした生活を送る中、とある土曜日は久々によそ行きの格好をしていた。午前に小島の前撮りの撮影をし、午後は大槻の取材を受けるためである。お気に入りのカメラとレンズをバッグに詰めて、小島に指定された横浜の公園に向かった。

着いた場所は、「海の見える丘公園」だった。その名の通り、横浜港を見渡せる高台に位置する公園なので、息を切らせながらゆっくりと階段を上った。

５分ほど歩くと、開放感いっぱいの広場に辿り着いた。眼下には横浜の街並みが広がる。絵の具を溶かしたかのように透き通った青空の下、どこまでも続く海が、子どもの瞳のようにキラキラと瞬いている。

バラに囲まれたレンガ道を進んでいくと、ベンチに小島と婚約者の男性が腰掛けていた。小島たちは、すでにウェディングドレスとタキシードを身に纏っていた。功一に気づくと、小島は表情を輝かせて、「森川先生！」とブーケを持っている右手を高らかに掲げた。

「おはようございます。今日はよろしくお願いします」と二人は丁寧にお辞儀をした。森川ならぬ功一もにっこりと微笑み、三人はゆっくりと撮影スポットを探し始めた。

最初に選んだのは、功一が先ほど街並みを見下ろした広場であった。功一は、小島たちに立ち位置を指示しながら、ポーズを伝えていく。二人は手を取り合って、空の彼方を見つめた。小島ははにかみながら、時折パートナーに目を向けた。素晴らしいシチュエーションに功一の気持ちも弾んだが、フォーカスを合わせる左手が震えてしまい、思うようにピントを合わせることができなかった。なんとか撮れた写真は、どれもピンボケがひどく、納得がいかなかったが、素知らぬ顔で撮影を続けた。

「先生、あっちのバラ園もステキですよ」と、小島はすっかりノリノリである。ドレスの裾を持ち上げて走り回る姿はまるで少女のようであった。

撮影が進むと、小島は撮影の進行をリードするようになった。功一はそれに従って二人の後を追った。撮影の合間に何度も薬を飲んでみたが、一向に手の震えが止まることはなかった。結局、最後まで一枚もうまく撮れた写真がないまま、撮影は終了を迎えた。

小島は満面の笑みで功一に近づいてくる。

「先生、見せてもらえますか？」

功一は冷や汗をかきながら、しどろもどろで答えた。

「色調整もあるので、後日のお楽しみにさせてもらえるかな」

二人は目配せをすると、ゆっくりと頷いた。婚約者がジャケットの内ポケットから封筒を取り出すと、それを小島に渡した。小島はそれをそのまま功一に差し出した。

「これ、少ないですけど、今日の謝礼です」

功一はゆっくりとそれを受け取ると、封筒の中身を覗き見た。中には一万円札が十枚包まれていた。後ろめたい気持ちを抱えながら、功一はそれをバッグの中に仕舞い込んだ。

23

功一は二人と別れた後、横浜の中華街でラーメンを食べて腹を満たした。食事をしながら、もどかしい気持ちでいっぱいであった。カメラのデータを何度見返してみても、どれも満足のいくショットではなかったからだ。受け取った謝礼の入った封筒をバッグから取り出してみたが、封筒はずしりと重たく感じられた。

腹ごしらえを終えて、神保町にある大槻の出版社に向かった。駅徒歩5分ほどのロケーションにある昭和テイストのビルに、目的のオフィス『ジャパンアートパブリッシャー』はあった。玄関脇にしつらえてある案内板によると3階らしいが、エレベーターがないため、功一はまたしても息を切らせて、階段を上がることとなった。

なんとか辿り着き、チャイムを鳴らすと、中から大槻が姿を現した。

「先生、ご足労ありがとうございます！」

大槻に案内されながら、社員が仕事をしている机の脇を抜けて、奥の応接室に向かった。6

畳程度の応接室には、茶色いソファが置かれていて、功一は上座に座るよう促された。

腰を掛け、部屋の中を見回していると、社員がお盆にお茶を載せて部屋にやってきた。そっとお茶を二つ机に置くと、そのまま俯きながら社員は部屋の外に出た。

「本日は社長が不在でして、よろしくと申しておりました。それでは、早速ですがインタビューを始めさせていただいてよろしいでしょうか？」

功一は少し慌てた素振りを見せた。

「あ、分かっているかもしれないが、写真はＮＧだよ」

「心得ております」

大槻はにっこりと微笑むと、レコーダーのスイッチを入れて机の上に置き、一礼した。

その後、一時間ほど取材は行われた。最初は緊張したが、５分くらい経つと、すっかりインタビューの雰囲気にも慣れ、森川になりきって饒舌に話すことができた。

「自分は小さい頃からカメラが大好きで、おもちゃのようにして遊んでいたんだよね」

「写真撮影で大切にしていることは、この作品がいくらの値打ちになるのかということ。作品と言えども、値段が付かないものはただの遊びだね」

「次回作のテーマはプライド。人間は誰しもプライドを持っている。ダイバーシティだとかインクルーシブだとかが叫ばれても、守ってくれる社会なんていうのはただの幻想だ。自分を守れるのは、自分のプライドのみだと思っている。プライドを捨てては社会を生き抜けない。読者もプライドを持って人生を歩んでもらいたい」

　功一はすっかり上機嫌になり、あっという間に時間は過ぎ去った。なかなか実現できない〈森川先生〉のインタビューに、大槻はすっかりご満悦だった。

「先生、ありがとうございました。先生のインタビューには迫力がありました」

　大槻は、机の上に置いていた白い封筒を功一に手渡した。

「たしか謝礼は手渡しでということでしたよね。中身を確認していただけますか。領収書も同封されています。ハンコは要りませんので、ご住所とお名前をお書きください」

　功一は封筒の中身を取り出し、一万円札が十枚入っていることを確認した。同封されていた領収書にはでたらめの住所を書いて、「森川中道」と力強くサインした。

　その夜、功一は上機嫌で『人間失格』を訪れた。店内には入り口近くに背の高い中年男性が一名と、奥に自分の名刺を作らせて欲しいと頼んできた青柳が座っていた。

「いらっしゃいませー」マスターが聞き慣れた低いトーンで迎えてくれた。

　青柳は功一に気がつくと、「こっちです！」と手招きをした。

　功一はいつもと同じようにウィスキーのロックをオーダーした。青柳は待ちきれない様子で、功一の飲み物が届く前に、バッグから名刺の箱を取り出した。功一が箱を開けると、中から出てきた名刺は、透明なプラスチック素材に「写真家　森川中道」の文字と、功一の携帯番号が浮かんでいる斬新なデザインであった。

「こんな名刺見たことがないよ」

功一の反応に、青柳は黄色い声を上げた。

「やったー！　森川先生に褒められちゃった。私、これがデザイナーとして初めてのお仕事なんですよ。今回、先生の名刺を作らせてもらったことを、お仕事のPRに使わせてもらっていいですか」

功一は青柳の肩をポンと叩いた。「もちろん、どんどん使ってくれ」

「やったぁ！　森川先生の写真にいつも勇気づけられていたんです。だから、私、前の会社を思い切って辞めて、フリーのデザイナーになろうって決心したんです。先生、ありがとうございます」

その言葉に反応して、入り口付近に座っている男性が功一を一瞥した。青柳は明日が朝早いからと言って、功一より先に店を出ていった。

功一は顔をほころばせ、もらった名刺を右手で掲げ、ウィスキーを口の中で転がしていた。

マスターはその光景を眺めながら、

「あ、あの女性、楽しそうにお帰りになってよかったですね」

と、功一に声をかけた。

「ああ。若い人に貢献ができるなんて幸せだ」

「そ、そういえば今日はたしか、取材と前撮りもされてきたんでしたっけ？」

「そうそう。いい表情だったよ、小島さんと婚約者。取材も絶好調で編集者の人も大喜びだったよ」

「そ、それは何よりで……」

マスターの乾いた笑いが店内に響き渡る。そこに入り口の男性客が功一の方を覗き込むようにして話しかけてきた。

「あなた、写真やられているんですか？」

功一は男性の方に顔を向け、

「ええ。あなたはこの店によく来られるんですか？」と返した。

「友人が勧めてくれて、今日が初めてでして」

マスターは語り始めた二人のそばをそっと離れ、青柳が残したグラスの方へと歩み去った。

「そうですか。これでも私はプロとして活動しているカメラマンです」

「それはそれは。私も写真は大好きでして。ちなみにどんな作品を？」

功一は席を立ち上がり、男性の方に近寄って、もらったばかりの名刺を男性に差し出した。

「こういうものです。私のファンが作ってくれたんですよ。良いデザインでしょ」

名刺を見て男性は瞬時に表情を曇らせたが、功一はその変化に気づくことなく、滔々と話を続けた。

「今日は、ここで知り合った若い女性に頼まれて、結婚式の前撮りをしました。若い人の幸せに輝く姿を撮らせてもらえることほど、プロとして幸福を感じる活動はありませんね。その後、久々に雑誌の取材も受けましたよ。なかなか忙しくて取材は断っていたんですけどね。ところで、あなたはどんな写真を？」

功一は、グラスのウィスキーを一気に飲み干した。男性は、胸元から名刺入れを取り出すと、功一に名刺を差し出した。

「私はこういうものです」

功一は名刺を受け取り、目を疑った。そこには「森川中道」と記されていたのである。功一は心臓が止まるほど驚いた。息を呑み、ゆっくりと顔を上げて男性の顔を見つめた。

「私が、森川中道です」

店内が一気に凍りついた。功一は硬直して動くことができなかったが、無情にも左手は震えたままであった。

店の奥からその様子を見つめるマスターの顔には、なんの感情も見当たらなかった。

24

森川にどのようなお詫びができるか、功一は懸命に考えた。店に他の客が入ってきたため、場所を変えたいと告げ、連れだって店を後にした。時間も遅く、落ち着いて話せそうな喫茶店はどこも閉まっていた。後日詫びるというわけにもいかないので、功一は森川に自宅でゆっくり話したいと告げた。断られるかと思ったが、森川は首を縦に振った。

二人はタクシーに乗り込んで、功一の家に向かった。車内では、二人の会話はほとんど無く、功一は自分の名前を伝えることしかできなかった。

自宅の扉を開けて森川を招き入れると、淀んだ空気が外に一気に漏れ出してきた。カップラーメンの容器、汚れた食器、しわくちゃの衣服が散乱するリビングに、功一は慌ててスペースを作った。森川は部屋の様子を眺めながらも、表情をいっさい変えなかった。そして、静かにリビングのソファに腰掛けた。

功一は冷蔵庫からペットボトルのお茶を一本持ってきて、森川に差し出した。森川は小さくお辞儀をする。功一は森川の斜向かいに座り、縮こまった。重たい空気が流れ、沈黙を刻む時計の音が功一の心に突き刺さった。窒息しそうな息苦しさに耐えきれず、功一は意を決して口を開けた。

「出来心だったのです。あなたの作品がすごすぎて……」

森川は鋭い眼光で功一を睨みつけた。

「私の作品に対してではなく、私の存在が羨ましかったのでは？　でなければ、偽物を演じて取材や撮影の仕事を請けないでしょう」

的を射た指摘に、功一は言葉を失った。

「見せていただけませんか？　あなたが今まで撮った写真を」

森川に言われ、慌てて自室からアルバムを持ち出した。それを手渡すと、森川はゆっくり1ページずつ眺め始めた。写真を観る森川の表情は、審査を任された審査員のようにきわめて真剣で真面目だった。全ての写真を観終えると森川は功一に優しく語りかけた。「頑張らなくていいんです」

「え？」

想定しなかった言葉に功一は目を丸くした。

「あなたが今まで撮っていた写真は、とても素直なものばかりだ。私の名前を使う必要など全くない」

厳しく叱責されると思いきや、森川から写真を称賛されたことに功一は言葉を失った。森川は、部屋をぐるりと見回して言った。

「この部屋の様子からも、あなたは今、とても大変な状況なんだと思います。でもね、逃げないでください。自分の人生から。運命は自分の心で切り拓くんですから」

功一は森川の言葉に、涙が自然と溢れ出した。

「森川……先生」

涙を拭い、バッグから森川を偽って受け取った二つの謝礼の封筒を取り出した。それを森川に手渡すと、森川はすぐさま功一に差し返した。

「ちゃんと事情を伝えて、返してくるんですよ。そして今度は、馬場功一さんとして心のシャッターを押してくださいﾞ」

森川はそう言うと、ゆっくり立ち上がり、静かに出ていった。功一が見つめる先の森川の背中は、とても大きく感じられた。

第6章　病気に感謝?!

25

翌日から、功一は少しずつ部屋の片付けを始めた。尊敬する森川を出迎えた時の恥ずかしさと共に、この部屋の有様が自分の心の状態と同じだと思えてならなかったからである。少しずつ片付けていく中で、恵が家のことを一切文句を漏らさずにやり続けてくれたことに気づけた。

自分は結婚してから、恵が担ってくれていた家事に一度も意識を向けたことは無かったな——

そう思うと、妻のことが急に愛おしく感じられた。思わずスマホを手に取り、恵に電話をするも、無論コール音が耳元で響き続けるだけであった。

日曜日、功一は『PD SMILE』に出向いて、メンバーたちを騙していたことを正直に打ち明けた。頭を下げる功一に対して、メンバーたちは険しい表情を浮かべた。

「……すみませんでした」

声を絞り出すようにして謝罪した。葛西が最初に口を開いた。

「最初から胡散臭いと思ってたんだぜ」

「人を騙すのは良くないことだな」と中山が続き、功一の心は締め付けられた。

ふくよかな体格の飯田は渋い顔を浮かべながらも、

「まあ、やってしまったことは仕方ないでしょ」と優しい口調で言った。

木場は年を経た女性らしい穏やかな表情で、功一に語りかけた。「昔から写真家になりたかったんでしょ。今でも撮り続けていることはステキよ」

功一はメンバーの温かさに戸惑いながら、しみじみと自分の振る舞いを省みた。

「パーキンソン病の方は、皆さんさまざまな葛藤を抱えています。馬場さんは、確かに今お辛いかと思いますが、ここでは年齢や職種の垣根を越えた仲間がいるんです」

中野が力強い声で話した。

「仲間？」

功一は、自分を仲間だと伝えてくれたことに、驚きの波が瞳に広がった。同じ病気で繋がっているものの、ただの患者の集まりだとしか考えていなかった。けれども、ここのメンバーたちは仲間意識を持って集まっている。年齢や職種というのは、功一にとっては相手と比較する上で重要だとずっと考えてきたが、それがここでは不必要であるという考えにも、戸惑いを隠せなかった。

「そうよ。ここでは名刺で自分を強く見せる必要はないの。弱さを見せていいのよ」と、木場が微笑んだ。

「私たちは、『アイ・アム・パーキンソン病』じゃなくて、『アイ・ハブ・パーキンソン病』なんだよ」と飯田が諭した。

「アイ・ハブ……」

功一はその言葉を噛み締めるよう繰り返した。中山が功一の肩に手を置いて、優しい眼差しで語りかける。

「難病を抱えてしまうと、それがアイデンティティのようになりがちだよね。そうすると自分自身を、『ぼくはパーキンソン病患者だ』と認識してしまう。そうじゃなくて、病気は一つの特徴にすぎないってことだよ、コウちゃん。病気を抱えている自分とどう向き合っていくかは、心のあり方で決まるんだよ」

その言葉に功一は、あふれる涙を止められなくなった。自分がみんなに受け入れられていることを感じ、一人で抱えていた孤独感が少しずつ和らいでいく。温かい言葉に勇気がふつふつと湧き上がり、功一は心の奥底から、いまここから自分を変えていこうと決意をしたのだった。

功一の謝罪が終了すると、メンバーたちは表情を緩めて、日常を取り戻した。

中野は奥の控室から背の高い女性を呼び入れた。背筋がピンと伸びたスリムな体躯に花柄のTシャツ、白のジャージという姿がいかにも溌剌とした様子で、功一は思わず目を引きつけられた。中野はスタジオ全体に響き渡る声で今日のプログラムの紹介を始めた。「それでは、前回から始めたダンス療法を、今回もシルビア先生に担当していただきます」

シルビアは満面の笑みを浮かべてメンバーを見渡した。

「前回もお伝えした通り、運動機能や認知機能の回復に繋がる、という観点で、ダンス療法が注目され始めています。さあ、今日もぜひリラックスして楽しみましょう！」

そういうとシルビアは、中野が用意した椅子に腰掛けた。メンバーたちは椅子に座りながら、興味津々でシルビアに視線を向けた。

「まずは、皆さんの体が、いまここにちゃんとあることを確認しましょう」

シルビアは左右の足を上下させ、トントンと床を踏みつけた。続けて、膝と腿とお尻を何度か手で叩く。シルビアの動きを真似るように、功一たちは同じ動作をした。

「足を踏ん張って体を安定させてください。次に、今からイメージをいっぱい使うことをやりますね。自分の体が風船になった気持ちで、体を膨らませていってください。頭も足も胸も、全部風船ですよ」

シルビアのリードに従って、メンバーたちはゆっくりと腕を広げ、胸郭を広げていく。皆、穏やかな表情を浮かべており、功一の顔もすっかり和らいでいた。

「そうしたら、次はしぼみます」

メンバーたちは体の力を抜いていき、ぐったりと弛緩する。シルビアが導く独特のダンスに、メンバーたちは次第に魅了されていった。

「上手にできましたね。それでは、皆さんはステキなお家に座っています。マンションでもお城でもなんでもいいですよ。窓辺に座っています。目に見える窓はどんな窓でしょうか。想像してみてください。その窓を開きます」

メンバーたちは、各々の想像力を膨らませて窓を開ける仕草をした。

「外から新鮮な風がすうっと吹いてきます。これを3回やります。3回目の風が波になります。自分が波になって浜辺に向かいます。自分が思う波を3回やります。ザブーンって何かに当たったり……」

その後、30分ほどシルビアのレッスンは続けられた。

ダンスを終えると、メンバーたちは身も心もほぐれた様子であった。リラックスした気分になり、各々談笑をしながらレッスンの感想を伝え合った。初めて体験したダンスに、功一はしばらく心が浮き立っていた。込み上げる感情を抑えきれず、気恥ずかしさを押し殺してシルビアのもとに近寄った。

「先生、とてもよかったです。ダンスなんて初めてですが、自分でもできちゃうんですね」

シルビアは優しく微笑んだ。

「それはよかった。私はダンスは誰にでも楽しんでもらえるものだと考えているんです。完璧でなくていい、みんなそれぞれ違っていていい、それがコンセプトなんですよ。次回はお一人ずつ、みんなの前で創作ダンスを発表してもらいますね」

シルビアの言葉に、功一は何か希望の光が心に灯るのを感じた。

26

施設を後にして帰宅の途に就こうとすると、地上階で功一は背後から呼び止められた。それは初回のハイタッチで言い争いになった葛西だった。思いがけない人物からの声かけに思わず身構えてしまう。

「どうよ?」

葛西はジョッキを手に持って掲げるポーズをして、口元を緩ませた。功一は、葛西の突然の誘いに驚きながらも、小さく頷いた。

二人は世田谷線で三軒茶屋まで移動して、赤提灯の渋い居酒屋に入った。『PD SMILE』のメンバーとフランクに酒を呑むなんて考えもしなかったので、功一はいささか緊張をしながらテーブルに腰掛けた。

功一らは店員に生ビールの中ジョッキを2つと数点のつまみをオーダーした。お互い気恥ずかしそうにしばらく無言のままで視線を逸らしていた。ビールが運ばれてきて、二人はようやく目を合わせ、乾杯をした。運動をしたせいか、ビールがいつもに増して美味しく感じられる。二人とも至福の表情を浮かべ、一気にビールを飲み干した。

「ぷはー!」

そろって感嘆の声を上げると、緊張がほぐれたのか、葛西がにっこりと微笑んだ。緩んだ表情の葛西は、勢いよく手を挙げて、店員に二杯目を注文した。

「今日のコウちゃんのダンス、よかったぜ！」

「ありがとうございます」功一は少し照れながら頭を下げた。

「発症してどのくらい？」葛西は枝豆をつまみながら、真剣な眼差しで尋ねた。

「4年です」

「確定診断を受けたのは？」葛西は食い入るような姿勢で問い続けた。

「つい最近です。発症当初は疲労かと思い、鍼治療や整体に通ったのですが、全く改善されず……」

「会社には？」

「内緒にしています」

「そりゃ辛いな」

葛西は眉間に皺を寄せて、同情の声を漏らした。

「怖いんですよ。仕事を失うことが。パーキンソン病と診断されたのと同時に、部長から営業部の課長に降格させられ、減給になりましたし。ダブルブッキングを連発したり、遅刻を何度もしたりして、このままだと解雇されるかもしれない……」

功一は表情を曇らせたが、話し終えると、少しだけ心の重しが取れたような気分だった。今までこのような話題を話せる人間が誰もいなかったからである。

「ご家族は？」

静かに耳を傾けていた葛西の表情は、先ほどに比べてだいぶ穏やかであった。

「妻と娘には出ていかれました」と功一が答えると、葛西は苦笑いして、ビールを飲み干した。

「どうしたらいいのでしょうか……」

藁にも縋るような気持ちで功一は尋ねた。葛西はジョッキをゆっくりテーブルに置いた。

「自分をさらけ出すことだな」

「さらけ出す……」功一はその言葉を反芻するように呟いた。

「実は、俺も若い頃はバリバリで仕事をしてたんだよ。小さいけど、社員10名程度のＩＴ会社を経営していたんだ。徹夜もしょっちゅうしてたし、外食ばっか……」

葛西は淡々と語った。功一は彼の言葉に黙って聴き入っていた。

「家庭を顧みずに仕事して、結局離婚させられた。その後、会社も倒産、社員は一斉に離れていった。そんな時、パーキンソン病に罹ったんだ。突然一人ぼっちになり、俺はなんのために仕事してきたんだろうって考えたんだ」

功一は初めて語られる葛西の過去に驚きながらも、今の自分の境遇と重ね合わせていた。

「その時、俺は死のうと思ったよ」

その言葉に、功一はドキッとした。自分の心境と同じだったからだ。

「でもね、今では病気に感謝しているんだ」

葛西は澄んだ目で功一を見つめた。功一はその言葉に驚きながら尋ねた。

「病気に……感謝？」

葛西は深く頷き、小さく微笑んだ。

「病気にならないに越したことはないだろうが、でも、もし自分がこの病気にならなかったら、俺はずっと昔のスタイルで仕事をしていたと思う。金を稼ぐことばかりに執着して、自分の身体を酷使して。人を大切にしてこなかったんだよね。他人も家族も、そして自分自身も。でも、この病気を通じて、ここにいる仲間たちと出会えて気づかされたんだよ。大切なのは、どんな自分でありたいかってことを」

「どんな自分でありたいか……」

葛西から語られた言葉に、功一は濁った心が澄んでいくような感覚だった。そのような発想を今まで一度たりともしたことがなかったからである。

（どんな自分でありたいか）

他人の評価や娘の未来ばかりに心を砕いて、自分がどうありたいかを考えてこなかった人生を振り返った。葛西の言葉を受けて、功一の心の中で、一筋の希望の光が見えたように感じた。

「薬の効き目が悪いのは、コウちゃんの身体が整っていないからだよ。身体は食べたものからできているっていうだろ。食事を単に腹を満たすものって考えるのではなく、身体を悦ばすための自分の分身って考えるんだよ」

功一は直近の行動習慣を思い返した。美味しくて手軽だからと、外食ではラーメンやカレーばかりを注文し、家でもカップラーメンや冷凍食品ばかりだった。自分の身体と向き合わなければならないのに、その身体に負担となるものばかりを食べていたことにようやく気づけたのである。

「葛西さん、ありがとう……」

功一は、翌日から自分の食生活を見直すことに決めたのだった。

27

功一は、有休を早めに切り上げて、会社に復帰することにした。森川や葛西、『PD SMILE』のメンバーからもらった言葉が、彼を勇気づけ、背中を押してくれた。とはいえ、不調の身体と向き合いながら、新しい部署での職場復帰ということで、不安が払拭されたわけではなかった。

功一は、気もそぞろで新しい部署にやってきた。神田が統括する「第一営業部」の雰囲気は、功一の古巣である「第二設計部」とはだいぶ違っていた。社員たちが神田を慕っているのがはっきりと感じられるのである。

「神田さん、おはようございます」

部下が挨拶をすると、「おう、おはよう！　今日もよろしくな」と、神田は一人ひとりの顔を見ながら声をかけていた。功一には、神田が社員に慕われている様が、妬ましかった。

「みんな、ちょっといいかな」

神田が部署の社員を自分のデスクに集合させた。

「今日から第一営業部に配属された馬場君だ」

社員たちは、突然部署異動となった功一に対して、どう接すればいいのか探っている様子であった。

「馬場君。早速だが、午後は私と一緒に外回りに行くぞ。部署が変わったので心機一転、新人になった気分で取り組んでくれ」

功一は神田の言葉がいちいち鼻についたが、『PD SMILE』の仲間に言われた、強がらなくていいという言葉を思い返した。今までは何かにつけて、自分が上の立場でありたいと思ってしまい、気に食わない言葉に腹を立てていた。神田はしかり、部下にも恵にも、そして鈴涼にも。自分の癖と少しずつ向き合っていかねばいけないと、自分に言い聞かせた。

午前中、功一は神田の指示の下で商談資料の準備を行い、昼休憩を取った後、二人は外回りに出た。移動の際、ぎこちない歩き方を神田に指摘されたが、ぎっくり腰だと誤魔化して、なんとか遅れないよう努めた。神田は渋い顔を見せながらも、功一の様子をちょくちょく気にかけていた。

　二人は目的地である小川製薬に辿り着いた。小川製薬は、創業50年を迎える大手製薬会社であり、新しい工場を建てる計画が持ち上がっていた。代表の小川は3代目で、最近社長に就任したばかりであった。50代前半だというが、容貌は若々しく、年齢を感じさせない。功一たちを見つめる眼光には、強い自信と鋭い洞察力が宿っているように見えた。

　小川は、功一たちと向かい合って席に着いた。簡単な挨拶を済ませると、神田が早速本題を切り出した。

「当社は、製薬工場の実績もあり、この手の建設は大変得意としています」

　神田は備え付けのモニターで、今まで自社で手がけてきた設計事例を紹介しながら、自信に満ちた態度で小川にプレゼンをした。小川は何度も大きく頷いたが、プレゼンの言葉が刺さっているようには見えなかった。

「たしかに、御社の実績はピカイチだ。ですが、我が社の新しいモットーは何か知っていますか?」

　神田は一瞬戸惑いながらも、平然を装いながら尋ねた。

「と言いますと……?」

　小川は一瞬間を置いてから、笑みを浮かべた。

「『ヒト×笑顔×共生』なんですよ。現在、数社からご提案をいただいていますが、御社のＨＰやパンフレットには、残念ながら会社の人が見えないんですよね」

その言葉に神田は眉をひそめ、強い口調で反論した。「我が社には、知的障害の社員もおります」

小川はその言葉を鼻で笑い、さらに踏み込んだ。「ＳＤＧｓとかダイバーシティとか、口では何とでも言えるんですよね。ビジュアルで見せてもらいたいんです」

神田は返す言葉を見つけられなかった。今まで出会ってきた社長と明らかに違う応対を受け、この商談には勝機が薄いと感じた。もしかしたら、すでに他社で決まっていて、形式的に相見積もりを取っているだけかもしれない。それなら、時間をかけて商談を続けるのは得策ではない。

「貴重なご意見ありがとうございます。改めて良い提案ができるよう検討いたします」

神田は威厳を保ちつつ、堂々とした口調で締めくくりの挨拶をした。

会社に帰った神田は、明らかに不機嫌であった。功一を同行させた営業先で、屈辱を味わったからである。神田は当てつけのように功一を叱りつけた。

「馬場君、なんでさっき何も発言しないいんだよ」

「私は、ああいう折衝が苦手で……」

「俺ばかりに頼るなよ。馬場君がフォローしてくれたら、受注に繋がっていたかもしれないじゃん」

神田の言うことにも一理あった。同行していて、何も発言ができなかったのは確かであるし、神田をサポートすることができないことに非力さを感じていた。くわえて、今までいかに人とのコミュニケーションを避けながら仕事をしてきたかを、まざまざと思い知らされた。

功一はふと隣の第二営業部に目を移すと、知的障害を抱えている社員が、部長の元にノートを見せていた。彼のノートはひらがな交じりで、小学生のような字が並んでいる。しかし、その一字一句には彼の努力と直向きさが滲み出ていた。

「今日の業務です」

「上野さん、今日も上出来ですよ」

第二営業部の部長はにっこりと微笑んだ。上野の顔はぱっと明るくなった。別の場所では、女性社員が早めに退社しようとしている。

「今日、息子のお迎えがあるので、お先に失礼します」

「お疲れー、気をつけてな！」

近くでは、第二営業部の課長と思われる男性が、新人社員の書類に目を通している。

「すごく見やすいねー」

「秋葉課長のサポートのおかげです」

この光景を見て、功一は胸が締め付けられるようだった。自分のいた部署では見られなかった社員同士の笑顔や声かけが、ごく自然になされているからだ。仕事を的確に、効率よくこなすことに固執して、挨拶や褒めることに意識を向けてこなかった自分の不出来が恥ずかしかった。

自分がパーキンソン病で、体が不自由になり、人に迷惑をかけることで、ようやく人の支えが大切であることを理解できた。しかし、逆の立場——力を持つ側であった時は、相手を見下したり、怒鳴りつけたりしていたのだ。自分の言動を思い出すと、胸が強く締め付けられた。

退社した功一は、以前は足繁く通っていたラーメン屋の前を素通りした。食生活を見直そうと決意し、スーパーでは冷凍食品やレトルト食品を避けて、野菜だけを買い込んだ。

帰宅して、調理をしようと思ったが、野菜だけの食材を前にして何を調理したらよいか皆目見当がつかず、きゅうりやトマト、ブロッコリーを食器に並べて、その上にマヨネーズを掛けた。手づかみで食べながら、葛西から手渡された『食養生』と書かれた本を開いた。「近代になるまで一日二食だった」「穀物と野菜と肉・魚の食事の割合は、5：2：1が理想」など、約半世紀を生きてきた功一にとって、初めて知らされる内容の数々に思わず驚いてしまった。日常で最も身近で大切な食事の知識を全く知らずに生活をしていたことに大きな衝撃を受けた。野菜も農薬を使っていない自然農法のものが身体によい、精製された砂糖は中毒性があるなど、知れば知るほど奥が深い内容に、思わず食い入るように読みふけった。「食べているものが身体を作る」という考えを知り、食材をしっかりと選んで食べることで、身体が健康な状態に近づくのではないか、と考え始めた。

翌日からスマホのアプリを使って、料理初心者でも簡単に作れるヘルシーな料理に挑戦することにした。帰宅する前にオーガニック食材を扱っているスーパーを探して、大根やこんにゃく、ちくわぶ、卵を買ってきた。大根やこんにゃくは、慣れない手付きで恐る恐る包丁を握り、手を切らないように慎重に切った。歪みながらもそれ相応の大きさにできた。醤油やみりんも添加物が含まれていないものを選んできたので、それらを使って鍋で煮込んだ。

たいした手間をかけずとも、素材から料理を作ることができたことに少々興奮を覚えた。初めて自分で作った料理は、言葉にできない感動に溢れ、箸を持った手が止まらなかった。一つひとつの食材が口の中で踊っているようであった。

あっという間に平らげて、すっかりご満悦である。どことなく身体が悦んでいるような気がしてならなかった。それ以降、少しずつ彼の料理のレパートリーは広がっていった。

食事が改善されると、今まで効き目が悪かった薬が次第に効くようになり、体を動かす負担がどんどん減っていくのが感じられた。その影響で朝の着替えや出社時の歩行がスムーズになった。気持ちも少しずつ晴れやかになり、部署でも自分から社員に挨拶するようになった。周りの社員たちは徐々に功一の変化に気づき、少しずつ彼に話しかける者が増えた。

土曜日の休日は、ホームセンターで幅広のテープと風呂場用の手すりを購入した。テープは自宅の床に貼って、歩幅を確かめる目安にした。手すりは転倒を防ぐため、浴槽の縁に設置した。

『PD SMILE』でもメンバーたちとダンス療法に真剣に取り組んだ。仲間と次第に打ち解けていき、功一の笑顔が増えていく。それと共に、「コウちゃん」とあだ名を呼ぶ声が頻繁に飛び交うようになった。

主治医の服部も、功一の変化には目を丸くした。食生活を改善し、運動療法にも積極的に取り組み、体調が良好になり始めたことに驚きを隠せなかった。何より、功一の表情が明るくなったことが、服部にとって一番嬉しい変化だった。

28

ある日の土曜日、功一は以前ドライブに出かけた寄居に向かっていた。『PD SMILE』のメンバーから美味しい十割そばが寄居にあると教わったからである。そばを食べに行くついでに、前回出向いた神社にも立ち寄ろうと考えていた。境内の雰囲気が気に入っていたのと、なぜだかあの場所に呼ばれているような気がしたからであった。

高速道路は思いの外空いていた。手の震えもなく、周りの車に合わせて順調に走れた。快適なドライブに口元が緩み、思わずカーステレオをオンにした。流れてきた曲は、功一のお気に入りである、樋口了一の「1／6の夢旅人2002」だ。彼の故郷である北海道の人気番組のテーマソングでもあるこの曲に、彼は社会人になってから何度も勇気をもらっていた。曲に合わせて体を左右に揺らし、気分はさらに高揚した。

お目当てのそば屋でそばを勢いよく平らげると、その足で神社に向かった。

軽快に車を飛ばして、神社の前に辿り着く。駐車場で車を降り、境内に向かう長い階段を上り始める。息切れが少しするものの、前回に比べて楽に上ることができた。参拝を終えて撮影を始めると、シャッター音が心地よいリズムを刻んだ。

梅雨の晴れ間、境内は快い湿り気を含んでいた。差し込む陽光が、人の手によって整えられた自然の美しさを際立たせていた。苔むす灯籠や片隅に咲く紫陽花のコントラストに魅了され、無心でシャッターを切った。カメラを下ろして撮影データを確認すると、そこには華やかさと繊細さを兼ね備えた芸術作品がセーブされていた。功一の心と眼前の風景とがハーモニーを醸し出していたのである。撮れた写真の出来栄えに心が躍ったが、何より、しっかりとピントを合わせて、シャッターを切れたことが嬉しかった。シャッターを押すたびに、いまこの瞬間に生きていることへの感謝が湧き上がるようだった。

撮影を終えて、駐車場に戻ろうとすると、以前遭遇した宮司が挨拶をしてきた。功一は「こんにちは」と自然に挨拶を返した。宮司と軽い雑談を交わし、ふと目を彼方に向けると、広場で以前見かけた竹とんぼの親子が、今日も仲睦まじく遊んでいた。息子と思われる少年は、相変わらず竹とんぼを飛ばすのに悪戦苦闘している。父親は前回と同じく、右手で杖をつきながら、姿勢を保っている。

功一はゆっくりと親子に近づき、「こんにちは」と声をかけた。父親は功一に気がつき、「こんにちは」と挨拶を返した。少年はあどけない表情で功一に近づき、「おじさんもやる？」と竹とんぼを差し出した。功一は笑顔でそれを受け取り、思い切り両手を擦り合わせた。竹とんぼは空高く舞い上がり、少年は目を輝かせて喜んだ。

「おじさん、上手！」

少年の無邪気な姿に、思わずカメラを掲げた。

「もしよかったら、撮らせてもらえませんか？」

父親は一瞬きょとんとした顔を見せたが、すぐに「ええ」と、にっこり微笑んだ。

それからしばらくの間、功一は親子の様子を楽しげに撮影した。なかなかうまく飛ばすことができない少年を、父親は傍で温かく見守っている。豊かな表情をきらめかせる親子の姿は、いつまで撮っても飽きることはなかった。

シャッターを切っていると、不意に鈴涼の幼少期のことが思い出された。彼女が小さい頃は休日によく一緒に外出したものだ。いつの間に親子の仲が疎遠に、そして険悪になってしまったのだろう。その直後、恵のことも脳裏をよぎった。はたしてまた、彼女たちに会えるのだろうか……、考えると、胸が苦しくなった。

功一は思う存分撮り終えて、撮り溜めた写真を親子に見せた。その写真の素晴らしさに、父親も子どもも思わず驚きの声を上げた。

「あなた、プロですか？」

功一は首を横に振った。「私は、馬場と言います」

「ご丁寧に。私は橋本です」

功一は少し躊躇しながらも、思い切って尋ねた。

「失礼ですが、杖はどうされたんですか？」

「実は三年前に脳梗塞を患って、左半身が一部麻痺しているんですよ」橋本は淡々と答えた。

「そうでしたか……」

「恨みましたよ。なんで俺がって。仕事は順調で営業成績もトップだったし。入院して数ヶ月後に会社に復帰した時は、周りの社員がどんどん仕事をこなしていて。体が不自由な自分には、簡単な仕事しかさせてもらえない。周囲から取り残された気分で……」

橋本は表情を曇らせた。そしてゆっくりと視線を下に向けて、息子の頭を優しく撫でた。

「でもね……、息子が、二千翔がね、まだ小さいでしょ。一緒に遊ぼうってせがむんですよ。父親として、自分はここで諦めちゃいけないんだなって」

「そうですか……」

自分の境遇と重なる橋本の言葉が、一つひとつ功一の心に突き刺さった。

「諦めることを諦めたんです」

「諦めることを諦める……」

橋本の言葉を思わず繰り返してしまった。

「ええ。起きた出来事を変えることはできない。でも、自分の心は変えることができる。不器用でもダサくても生きていることに感謝したいんですよ」

橋本は穏やかな表情で、二千翔の頭を何度も撫でた。二千翔が橋本に竹とんぼを飛ばしてほしいとねだると、橋本は持っていた杖を二千翔に手渡した。右足に体の重心を乗せて、右足と右手の間に竹とんぼを挟んだ。橋本は深呼吸をすると、目を輝かせて力いっぱい竹とんぼを回転させた。竹とんぼは天高く舞い上がり、大空に吸い込まれていった。

二千翔は歓声をあげて、それを追いかけた。功一はすかさずカメラを掲げてシャッターを切っていく。その姿は功一の瞳にも深く焼き付けられ、新たな希望として胸に刻まれた。

帰宅すると、すぐさま寝室のデスクに座って、カメラのデータをパソコンに移し替えた。モニターに映し出された写真は、橋本親子の生き生きとした表情を的確に捉えていた。どの写真も彼の琴線に触れ、笑顔が自然とこぼれ落ちた。

「いい写真だ……」

そう呟きながら、一枚一枚舐めるようにして眺め、喜びを噛み締めた。

ふと功一は、何かを思い出した様子でブラウザを開いた。そして、すぐさま大塚建設のホームページにアクセスした。画面に映るのは、無機質で古風なデザインのサイトであった。企業理念や業務実績が掲載されているが、社員の顔や声は一切載せられていなかった。功一は眉をひそめながら、ページをスクロールした。

くまなくサイトを見終えた後に、同業他社のページを検索してみた。うちとだいたい同じくらいの規模で、評判のよい他社のサイトをいくつか閲覧してみたところ、働く人の写真がいくつも掲載されていることに気づいた。現場で働くスタッフや事務方の社員などが生き生きと活動する様子が、画像として紹介されている。

功一は手元のカメラに目を移し、じっと見つめる。橋本親子をファインダーに捉え、シャッターを切った瞬間の高ぶりを思い出し、思わずカメラを握りしめた。

（自分にもきっと何かができるはずだ……）

29

翌日、会社に着いてすぐ、功一は大塚建設のパンフレットとホームページをプリントアウトした。その紙束を持って神田の席に向かった。

ひとつ深呼吸をしてから、パソコンのモニターに向かっている神田の背中に声をかけた。

「神田さん、よろしいでしょうか?」

「何?」

振り返ることもなく、神田は声だけで応じた。功一は怯むことなく、会話を続けた。

「ホームページとパンフレットを刷新しませんか?」

「はぁ?　なに君が畑違いの提案してるんだよ」向き直った神田の表情は、苛立ちに歪んでいた。

「以前、クライアントからも言われたじゃないですか。社員の顔が見えないって」

「あれは、たまたまあそこのコーポレートメッセージに『ヒト』が入っていたからでしょ」

「どんな会社でも人を大切にしなければならないと思うんです」

功一は負けてなるまいと食い下がる。

「そういう話は、君がまず仕事を受注できるようになったら言ってくれよ」

神田は冷たく言い放ち、クルリと背を向けた。

とりつく島もない上司の背中を、功一はしばし睨みつけた。無力感に打ちひしがれそうだったが、なんとか会社に貢献するんだという闘志が彼には宿っていた。

その昼、功一は屋上で一人、弁当を広げていた。料理の種類もだいぶ増え、おからのハンバーグにだし巻き卵、きんぴらごぼう、そして玄米と梅干しの組み合わせで、化学調味料を使わずに仕上げた弁当である。自分で作った料理の味わいを、一口一口ゆっくりと噛み締める。

しばらくすると、ふと懐かしい談笑の響きが聞こえてきた。その方向を見ると、第二設計部の社員たちが楽しげに会話をしていた。

「袋さんと大崎が結婚！」新橋が声を張り上げた。

「おめでとうございます」渋谷が笑顔で拍手を送った。

「結婚しても僕たちの仕事の仕方は当面変わり無いので、安心してな」

袋は照れくさそうにして笑った。大崎は恥じらいながら、袋を見つめる。

「まさか、こんなふうになるとはねー」

「式とかどうするんすか？」と新橋が興味津々に尋ねる。

「こぢんまりとやろうと思ってます」大崎が答えた。

「お二人の婚礼姿、綺麗なんだろうな」渋谷が感嘆の声をあげた。

「前撮りの写真とか撮らないとな」と袋が大崎に言った。自然と耳に入ってきた会話に、功一は思わず反応し、ゆっくりと彼らのもとに近寄った。大崎はそれにいち早く気づき、「馬場さん、お久しぶりです」と声をかけてくれた。

功一は少し緊張しながらも、勇気を振り絞った。

「あの……私に二人の前撮り写真を撮らせてもらえないか」

突然のオファーに、場が静まり返る。

「え？」

社員たちは呆然と功一を見つめた。功一はポケットからスマホを取り出し、先日寄居の神社で撮影した親子の画像を彼らに見せた。豊かな表情を見せる親子の写真に、新橋は目を見開いて大声を上げた。

「すげー、プロ並みじゃないっすか！」

「かっけー」と渋谷も同調した。

「ぜひ、馬場さんにお願いしたいです！　いいよね？」

大崎は手のひらを合わせて袋に同意を求めた。しかし、袋は険しい表情で首を横に振った。

「仕事でミスをするような人に、大切な写真は任せられないな」

浴びせられた言葉にショックを受け、立ち尽くす功一を背に、袋は一人その場を立ち去った。他の社員たちは黙り込んでしまった。

ここで諦めてはいけない――功一はすかさず袋を追いかけた。

自席に戻った袋はパソコンのモニターを睨んでいた。功一が近づくと、袋はすぐに気づいたが、無視して黙々と作業を続けた。

「袋君……偉そうな態度をとって悪かった」と功一は頭を深々と下げた。

それでも袋は、功一に反応を全く示さなかったので、功一は続けた。

「鹿児島から来たばかりで東京の人間に舐められたくなかったんだ。どうしても自分は昔から強がるところがあって、それを受け入れられなくて……。部署は変わったけど、今は自分ができることを考えている日々なんだ」

袋はパソコンの作業を止めて、わずかに眉をひそめた。

「自分ができることで償いたいんだ……」

功一は真剣な眼差しで言った。袋はようやく功一の方に向き直った。二人の間に、一瞬の静寂が流れる。袋は何一つ言葉を発しなかったが、疑念に閉ざされていた眼差しがほどけ、理解と受容の兆しが覗いた。

功一が営業部に戻るのと入れ替わりに、設計部の社員たちが続々と席に戻ってきた。大崎は袋の様子を見て、功一に対するわだかまりが解けたことをそれとなく覚った。彼女は袋にそっと近寄り、優しく囁いた。

「馬場さんはきっと何かに一人で悩んでるんだと思うの。実は本当は悪い人ではないって思うんだ。前撮りの件、前向きに考えてみない？」

大崎は袋にそっと微笑んで席に戻った。袋は表情を緩ませ、小さくため息をつくと作業をまた再開させた。

第7章　私は踊ってるんだ!

30

梅雨のある日、恵は実家で一人仕事をしていた。両親は、15年前に鹿児島から埼玉に引っ越して、一軒家に住んでいた。自宅を飛び出し、転がり込むように実家に駆け込んできた恵と鈴涼に、両親は目を丸くした。しかし、数日も経つと、鈴涼も両親もすっかり打ち解けて、まるで昔から同居していた家族のような関係になった。

その後、恵は鈴涼の自主性を尊重し、ダンススクールに通わせた。ダンスにのめり込み、学校にも笑顔で通えている。娘が東京での生活を満喫していることを母親としてとても幸せに感じていた。

実家暮らしということもあり、家賃は気持ち程度を両親に渡し、食費と生活費を折半してやりくりしていた。自分の収入でも十分に暮らしていける現状の生活に、恵はとても満足していた。今まで功一のために不自由さを感じながら生活をしていたことが、まるで嘘のように感じられる。恵は日が経つにつれて、ある決断をしようと心に決めていた。

そのことは、功一からの連絡を一切受け取らないということにも表れていた。人情に厚く、思い遣りの強い性格ゆえ、一度でも彼とのやりとりを再開してしまえば、また情が湧き上がってしまう。恵は弱い自分が出そうになるたびに、鈴涼が殴られたことを思い返して、なすべきことを自身に言い聞かせた。

窓の外では淡い色の紫陽花が無数に咲いている。静かに雨に打たれる花々は、眩い笑顔を浮かべていた。その景色に癒されながら、恵の両手は軽快に原稿をタイピングしていた。

玄関が開く音がして、鈴涼がダンススクールから元気よく帰ってきた。

「ただいま、ママ！」

恵は部屋を出て、玄関まで鈴涼を迎えに行く。雨に濡れた靴を脱ぎ捨て、家に上がった鈴涼は開口一番に恵に喜びを伝えた。

「今日、先生にめっちゃ褒められた！　飲み込みが早いって」

「良かったわね」

「でね、今度の夏休みに、コンテストがあるんだって」

「そうなんだ」

「ママ、絶対観に来てね」

鈴涼はバッグからダンスコンテストのチラシを恵に手渡し、居間に走っていった。そこには『第3回スーパーサマーキッズダンスコンテスト』というタイトルが書かれており、開催日や会場が記載されていた。娘の笑顔を見て、恵は改めて自分に言い聞かせた。

（これで良かったんだ……）

恵は、居間にいる鈴涼に自分の決心を伝えるべく、ゆっくりと向かっていった。

31

六月も終わりに近づいた晴天の休日、袋と大崎の前撮りの日がやってきた。袋は結局、大崎の提案を受け入れ、功一に前撮りの写真を依頼することとなった。功一は、二人と入念に当日着る衣装や写真の雰囲気の打ち合わせを行った。撮影場所は二人から、「海の見える開けた場所」という要望を受けたので、功一は、『人間失格』の客同士として知り合った小島の前撮りをした横浜の公園を提案した。彼の熱心な語り口に、二人はすんなりその案に同意した。

勝手の分かっている場所だけに、功一は二人を積極的にリードし、撮影場所とポーズの指示を行った。溌剌と撮影を行う功一の姿とシンクロするように、二人の顔には幸せそうな笑みが弾けた。

三人の息を合わせた前撮り撮影は無事終了し、功一はカメラのモニターで写真を二人に見せた。袋も大崎も写真の出来栄えに感激し、満面の笑みを浮かべた。

「馬場さん、すごいじゃないですか！　プロみたいですよ！」

あれほど功一に対して批判的であった袋が、大崎よりも興奮していた。

「とってもステキです！　これ、明日にでもデータで送ってもらえませんか？」

大崎の言葉に、功一はにっこりと頷いた。

翌日の日曜日、功一は『PD SMILE』に出かける前にデータを整理していた。花をモチーフにした黄色のドレスに身を纏った大崎と、蝶ネクタイにタキシード姿の袋のツーショットは、見ている方も幸せになるような温かい写真であった。二人の醸し出す空気感とともに、自然と人工物を絶妙に取り入れたアングルが素晴らしく、どの写真も見事な出来映えだった。

功一は写真をまとめて圧縮して、データ便で袋のメールに送り、『PD SMILE』へと向かった。『PD SMILE』のドアを開けると、いつもより元気よく「こんにちは」とメンバーに声をかけた。そんな彼を笑顔で出迎えるメンバーの様子を、主催者の中野は温かく見守っていた。

その日のアイスブレイクは、『PD SMILE』ではお馴染みのハイタッチをしてお互いの近況を報告するものであった。功一にとって、最初は抵抗があったハイタッチだったが、今ではノリノリで行える。最初のペアになった中山とハイタッチをしてから、彼の近況を尋ねた。

「ゴンさんは、この一週間、何をしていましたか？」

「昔の会社連中と久々に会ってたよ。人手不足が深刻みたいだった」

「どこも大変ですよね。うちも人手は正直足りてませんよ」

「それは大変だな。コウちゃんは最近どうだったの？」

「部下が近々結婚するということで、昨日前撮り写真を撮影してあげました」

「それはめでたいね。それで？」

「彼らにとても満足してもらえる写真が撮れたんですよ」

「よかったね！　今日はやって来た時からいい顔してるな、って思ってたんだよ」

「ありがとうございます！」

功一は自分の話を聴いてもらえ、清々しい気持ちであった。その後、シルビアのダンスレッスンが始まり、功一は最前席で音楽に合わせて体を動かした。じんわりと汗が額に滲み出る。汗を吸ったTシャツが肌に貼りつくも、不快に感じるどころか不思議とその感触が心地よい。全身を大きく使って体を動かし、伸びやかにポーズを取る功一の姿を見て、シルビアの表情はとても明るかった。

功一がダンスを終えるとシルビアは、「ブラボー！」と高らかに拍手を送った。

会の最後に、中野はメンバーの落合をみんなの前に座らせた。落合は小柄で二十代後半、お腹を大きく膨らませて、マタニティ服を着ている。落合は大きなお腹を抱えながら、ゆっくりと立ち上がった。

「今日を持ちまして、オッチーはしばらく『PD SMILE』をお休みします」

中野がメンバーに語りかけた。続いて落合もゆっくりと話し始めた。「妊娠7か月になり、出産準備のために一度実家に帰省します。今まで温かく接してくださり、本当にありがとうございました」

深々とお辞儀をする落合に向けて、メンバーたちは一斉に拍手を送った。

中野から解散の挨拶が告げられ、功一はメンバーに挨拶をして帰ろうとした。そこにすっと落合が近づいてきて、功一に話しかけた。

「私、コウちゃんがここに来てくれて本当に嬉しかった」

「え？」

突然の告白に、功一は振り向き、驚いた。

「実は私の夫もコウイチっていうんですよ。漢字は違いますけどね」

「奇遇だね」

初めて会話をする落合に、功一はどぎまぎしてしまった。

「それでいて、コウちゃん……馬場さんのことですけど、顔つきとか雰囲気が舅とそっくりで。夫の父は大学の教授で、母は区議会議員をしています。夫は一人っ子でして、結婚前に私がパーキンソン病を発症したので、向こうの両親には結婚を頑なに反対されたんです。夫がいないところで呼び出されて、頭を下げられたんですよ。頼むから別れて欲しいと。その後、私はずっと泣きました。自分の運命を恨みました。そして、決意したんです。彼の幸せを願って別れようと……」

「それで……？」

突然告げられたきわめて私的な話に、功一は固唾を呑んだ。

「そうしたら、彼はそんな私を抱きしめてくれたの……。病気があっても君のことを愛しているって。私、薬を服用したら、妊娠ができない確率が格段に高まるって考えていたんです。だから、子どもができないかもよ、って彼に告げました。そしたら……彼は真剣な表情で頷いてくれたんです。それから、私は必死にパーキンソン病でも妊娠ができる方法がないかを探しました。それで、ここに行きついて、メンバーの方々から沢山アドバイスをもらって……」

「そうだったんだ。旦那さん、素晴らしい人だね」

オッチーの話に熱い気持ちが込み上げてきた。

「私にとってはもったいないくらいの人。そんなこともあって、舅とそっくりなコウちゃんが最初は怖くて近づけなかったんです。でも、コウちゃんは舅と違って優しくて笑顔がステキで、それにあんなに一所懸命にダンスを踊ることができて、私、思わず感動しちゃいました」

「……ありがとう」

自分よりもはるかに若い女性から、ダンスを褒められたことに、気恥ずかしさと嬉しさが入り交じった。

「いつか向こうの両親も、私たちのことを認めてくれる日が来るって信じています。コウちゃんの姿を見ていたら勇気をもらえたので、どうしても御礼を言いたくて……」

「こちらこそ。大切な話を聞かせてくれて」

功一は深く頭を下げた。落合は静かにお辞儀をして施設を後にした。功一は心の中でエールを送りながら、彼女の背中を見送った。オッチーにもらった言葉から、ダンスをしている鈴涼のことを思い起こした。自分の無知によって一方的に否定してしまったことを悔い、娘との関係を少しでも修復できないかと考えた。

気がつくと、功一の足は自然と、退室しようとしていたシルビアの元に向かっていた。

「先生！」「はい？」

呼び止められ、驚いた様子の彼女に語りかける。

「女子中学生がかっこいいと思えるダンスを、私に教えてもらえませんか？」

「女子中学生？」

功一が事情を詳しく説明すると、シルビアはパッと表情を輝かせて頷いた。

「今、コウちゃんは自分と向き合っているんですね。それは、とても素晴らしいことだと思いますよ。私で良ければ力を貸します」

「本当ですか！」

功一は喜びに満ちた声で答えた。

「娘さんはＫ－ＰＯＰダンスをやっているのですよね。見たことありますか？」

功一は首を横に振った。シルビアはスマホを取り出して、動画を検索した。お目当ての動画を見つけると、スマホの画面を功一の方に向けた。

「これがＫ－ＰＯＰ」

シルビアのスマホの画面では、10代と思われる若い女子2名が、軽快なリズムに合わせてダンスを踊っていた。初めて見るスタイルのダンスに、思わず目が釘付けになった。

「若い子に流行ってるんですよね。でも、ダンスと言っても種類は沢山あるんですよ。例えば……」

シルビアは再びスマホで別の動画を検索して、それを功一に見せた。

「これは？」

「ロックダンスって言います。ディスコがブームだった80年代に流行ったので、コウちゃんの少し上の世代のダンスでしょうか。TONY GOGOとかGOGO BROTHERSとか分からないですもんね」

力強さと柔軟さを掛け合わせたようなロックダンスの雰囲気に心を奪われた功一は、目を輝かせて訴えかけた。

「先生、これやりたいです！」

功一の力強い眼光に、シルビアはにっこり微笑み、大きく頷いた。

32

翌日、功一が出社すると、社内がどことなく騒がしく感じられた。自分の席に辿り着くと、周りの社員たちがスマホを掲げながら、功一のもとに駆け寄ってきた。

「これ、本当に馬場さんが撮ったんですか？」

スマホの画面には、功一が一昨日撮影した袋と大崎の前撮り写真が映されていた。なんでも、大崎がいち早くそれをインスタグラムに投稿したところ、バズっているとのことだった。

「ああ、実はそうなんだ」

「そんな特技があったんですね！」

そこに袋と大崎がわざわざ功一の所までやってきた。

「馬場さん、ステキな写真をありがとうございました！」

「いきなりバズって私たちもびっくりでして。馬場さんに撮ってもらったと社内でつい漏らしたら、一斉に噂が広まってしまいました」

大崎と袋は苦笑いしながら、功一に平謝りをしている。

「ああ、びっくりしたけれども、君たちが喜んでくれたのなら何よりだよ」

そう言いつつも、功一は想定外の出来事が気恥ずかしく、社員たちの視線にどう応えてよいのか迷うばかりだった。

そんな功一にとって、その週は新たな試みが始まった週でもあった。毎週火曜、木曜、土曜の週３日、シルビアのスタジオに通うこととなったのだ。

早稲田駅から徒歩5分のところにあるスタジオは、通勤に使っている東西線沿線上にあるため、功一にとってとてもラッキーだった。10名程度が入れるほどのスペースで、シルビアと二人っきりで受けるレッスンは少々緊張を覚えた。

シルビアは毎回、基本的なロックダンスのステップを最初に見せてくれ、功一はそれに続いて見よう見まねでダンスをしていた。

『トゥエル』――彼女は片腕を上げ、手首を滑らかに回転させた。次に反対の腕で同じ動きを繰り返し、リズムに合わせて交互に腕を動かしてみせた。彼女の動きは流れるようで、まるで腕全体で空間にしなやかな曲線を描き出すようだった。

「見てください、この動きです。腕を回す時に、手首の動きを意識してください。そして、リズムに乗って体全体を使うことが大切です」

功一は真剣な表情でシルビアの動きを見つめ、同じように腕を回してみた。しかし、最初は手首の動きがぎこちなく、うまく回転させることができなかった。腕が固く感じられ、リズムに合わせるのが難しかった。

「大丈夫、最初は誰でも難しいものです。少しずつ練習していきましょう」

シルビアは功一を励まし、功一の手首の動きを優しくガイドした。

「手首をもっと柔らかくして、腕全体で円を描くイメージです」

少しずつ動きが滑らかになり、リズムに乗る感覚が芽生えてきた。

シルビアは、ロックダンス初心者の功一がモチベーションを損なわないよう、懇切丁寧に教えていった。回を重ねるごとに、『ロック』『ポイント』『ペイシング』『スクーバー』と、徐々に動きのレパートリーが増えていった。まだまだ基礎的な練習が必要なレベルだったが、熱心にダンスに取り組んでいる功一の姿に、シルビアは娘との関係修復を願わずにはいられなかった。

社交的な応対ができるようになった功一は、神田と同行する営業先からも少しずつ高い評価を得られるようになっていた。設計で長年培った専門的知識は、営業先でも活きたため、あれだけ目の敵にしていた神田も、功一のことを少しずつ見直すようになってきた。

しかし、功一はまだ自分がパーキンソン病であることを、社内の誰にも打ち明けてはいなかった。偏見の目で見られることを恐れ、こなしている業務から外されるのではないか、と考えていたからである。

薬を毎日時間通りに服用していることもあり、体調は良好だったが、時々体が揺れる症状が出始めた。主治医の服部から、それは『ジスキネジア』という薬の副作用であることを教えられた。薬の量や種類を調整することで軽減されるが、長い目で付き合っていかなければならないとのこと。今のところ軽度であり、このまま収まってくれることを祈りながら、業務に向き合っていた。

さまざまな葛藤を抱えながらも、家族と和解したいという功一の想いは日に日にいや増した。練習したダンスを通じて、鈴涼への理解の姿勢として示したい。けれども、それがいつ、どの機会で訪れるのか、皆目見当がついていなかった。それでも鈴涼との再会の日に備えて、ダンスの練習を欠かさず行っていた。

季節はいつしか夏本番を迎えていた。功一のダンス熱は次第に高まり、昼休憩にも屋上でひっそりとダンスを練習するようになっていた。

『クロスハンド』――両腕を肩の上まで上げて、左右の足を交互に前に出しながら、腕をクロスさせるという動作が、しっかり踊れず苦戦をしていた。

昼休み、会社の屋上でこっそり練習をしていると、近くのベンチにたまたま座っていた新橋が、功一の姿を見つけ、興味深そうに近づいてきた。そして、功一の目の前でいきなりクロスハンドを華麗に踊ってみせた。新橋の突然のパフォーマンスに、功一は度肝を抜かれた。

「すごい……」

「俺、実は学生時代、ロックダンスの全国大会で準優勝したんです。馬場さんが、突然ダンスしだしたから、驚いちゃって」新橋は満面の笑顔で答えた。

「私は今、娘と向き合いたいんだ。新橋君、ロックダンスを教えてくれないか？」

功一は真剣な目を向けた。新橋は急に真顔になり、ゆっくりと語りだした。

「俺、この会社に入社した時に、袋さんにめっちゃお世話になったんです。この前の袋さんの喜ぶ姿を見たら、恩返ししないわけにはいきませんよ」照れくさそうに新橋は答えた。

「ありがとう」

頼もしいダンスの講師が一人増えたことで、未来への希望が高まった。

「馬場君、ここにいたのか」喜ぶ功一の背後から、神田の声が飛んできた。「午後の役職者会議で社長が馬場君にも参加してほしいそうだ」

課長に降格された自分が、今さらなぜ役職者会議に呼ばれるのか。不審に思ったが、功一は力強く手を挙げて答えた。

「了解です。すぐ行きます」

33

大会議室では、社長が中央の席に陣取り、役員や各部署の管理職クラスの社員たちが、彼を囲むようにコの字型に座って勢揃いしていた。神田は演台で会社の営業戦略のプレゼンを行っている。

「今後の東京への交流人口を鑑みますと、このエリアの開発投資は必ず収益に繋がります。アライアンス企業とも連携を取りながら、挑戦的な計画を進めていきたいと思います」

堂々とした神田のプレゼンが終わると、取締役の大久保が会議室全体を見回した。

「本日の議題と報告は以上です」

功一はパーキンソン病の症状の一つでもある眠気に襲われ、前屈みになっていた。プレゼンを終えて席に戻る神田はそれに気づき、功一の肩を叩いた。功一はすぐに目を覚まし、体勢を整えた。その直後、大塚は功一に声をかけた。

「馬場君、袋君と大崎君の写真見たけど、あれ君なの？」

「はい、そうです」

大塚からの突然の質問に、功一の眠気は吹き飛んだ。

「社内でずいぶん話題になっているから、他の役員とも共有したくてね」

プレゼン用のモニターに、袋と大崎の写真が映しだされ、役員たちは歓声を上げた。

「いやー、すごいね！　ビックリしたよ！」

大塚は笑みを浮かべ、隣にいた典子が続けて声をかけてきた。

「実は来月、私たち夫婦の銀婚式なのよ。馬場さんに写真お願いしてもいいかしら」

「もちろんです」

「よかった。楽しみだな」

今までに見たことがない親しげな表情に、功一は思わず声を張り上げて語りかけた。

「社長、一つご提案があります」

「何だね？」

大塚は目を大きく見開き、功一に問いかけた。

「以前、小川製薬に営業に行った際、当社のコーポレートデザインに『ヒト』が現れていないというご指摘がありました。ホームページやパンフレットを刷新してはいかがでしょうか？」

「神田君、そうなのか？」

大塚は表情を一変させ、驚きを隠せなかった。突然の話題に、神田は戸惑っているようだった。

「そんな話があったような……」と、渋い表情を浮かべた。

「小川製薬は、先代からのお得意先だったが、社長が代替わりして会社の方針も大きく変わったんだ。そんな大切な情報をどうして私に上げてこないんだ」

神田は大塚からの叱責に反論できず、萎縮してしまった。功一はすっくと立ち上がり、ノートパソコンが置かれているプレゼン用のテーブルへと向かった。

「ちょっとお借りします」

パソコンを開いて、ブラウザを素早く立ち上げた。

「これが当社のサイトでして……これが同業他社のサイトです。どうでしょうか？」

二つのサイトを比較すると、役員たちにとっても、自社のサイトが一昔前のデザインであることが一目瞭然であった。大塚は功一のプレゼンを聞いて、思わず考え込んだ。

「確かに……。総務部、予算はどうだ？」

総務部長が慌ててパソコンを開き、資料を確認する。

「今期は催事が少なかったので、予算は若干ですが余っています……」

「なら、馬場君に協力してもらって、撮影代を浮かせればいけるか？」

「ギリギリいけますね」

それを聞いて、大塚は口角を上げてゆっくりと頷いた。

「よし！　いこう。馬場君、頼むよ！」

予想外の進展に、神田は明らかにふてくされていた。功一は大塚の決断に心を躍らせたが、同時に体も揺れ始めた。

(こんな場面でジスキネジアかよ……)

功一の不自然な動きに、神田はいち早く気づいて、顔をしかめた。

「馬場君！　ここは役職者会議なんだぞ。ダンスフロアじゃないんだ！」

功一はよろめきながら、両手を机につけて、体の揺れをなんとか制止した。

「あ、あの……」

功一は考えた。もう隠しておくのは限界だ……。

「どうした？　馬場君？」

大塚も他の役員も一同、怪訝そうな表情で彼に視線を向けた。会議室全体が不穏な空気に包まれながらも、功一はしっかりと頭を上げて、目を見開いた。

「私は……私は踊ってるんだ！」

「はぁ？　なんだそれ？」

わけの分からない発言に神田はもちろん、一同唖然とした。功一はそれに怯むことなく勇気を振り絞った。

「パーキンソン病に罹っています。この病気は脳内のドパミンが少なくなることで、体が動かしにくくなったり、震えてしまうんです。薬でドパミンを補っていますが、効き目にも波があってこんなふうに動いてしまうんです。……踊っていると思われても構いません。これからも皆さんには迷惑をかけると思いますが、こんな私をどうかよろしくお願いします！」

堂々と頭を下げる功一の姿を前に、めいめいが驚きや同情の表情を浮かべ、誰も言葉を発することができなかった。功一は頭を上げ、静まり返った会議室を凛と見渡した。

公の場で病気を開示した自分に驚きつつ、なぜか心が晴れやかになるのを感じていた。今まで隠し続けていたことを打ち明けた感覚は、『PD SMILE』で仲間たちに自己開示した感覚と似ていた。

――後悔するのはもう止めよう。そして、自分から変えていこう。

34

功一がパーキンソン病を公表したことは、その日の午後、瞬く間に全社員に広まった。設計部の社員たちも無論、コミュニケーションスペースで功一のことを話題にした。

「僕のお祖父ちゃんがパーキンソン病だったので、よく知ってますよ。脳の関係で体の動きが鈍くなるんですよ」と渋谷が話した。

「え？　じゃあ、馬場さん車椅子になるの？」大崎が驚いたように声を上げげた。

「完治することはないみたいですけど、薬と運動を続けていけば、身体の動きが悪くなるのは、ゆっくりになるみたいです」と、渋谷は説明した。

「最近、体が辛そうだったもんな」と、袋が神妙な面持ちで呟いた。

「確かにペンをよく落としてた」

「定時通りに来ていたのに、突然遅刻が増えたのも？」

「馬場さんのこと、私たち理解できてなかったんだな」

それぞれが功一の様子を振り返り、複雑な表情を浮かべていた。そんな中、新橋はふと口元を緩ませた。

「馬場さん、さっき、屋上でダンスしてたんですよ」

新橋は人差し指を突き上げて、屋上を指差した。

「え？　ダンス？　なんで」大崎は首を傾げた。

「娘さんに向き合いたいとか……」

その言葉に、社員たちはそれぞれが功一の見えなかった一面を感じ取り、想いを馳せることとなった。

第8章　部署を越えて生まれたチーム

35

役職者会議の一件をきっかけに、功一は新たな仕事として、会社の広報物の刷新というプロジェクトを担うことになった。大塚の指示によって当面の間、営業と総務を掛け持ちすることとなり、それぞれの部署を行ったり来たりする日々が続いた。

功一は積極的に自分の病気のことを接触する社員たちに説明し、理解を求めた。その結果、功一の印象は以前に比べて格段に良くなった。社員たちと積極的にコミュニケーションを図る姿には、神田も目を見張るほどだった。

功一は自分が撮影した写真データを基に、総務部の社員と共にサイトやパンフレットの構成をデザインした。相手の話に耳を傾け、今までにないリーダーシップを発揮したことで、広報物の制作は順調に進んでいった。

私生活でも、ダンスの練習を休むことなく続けた。ダンスの腕前は当初に比べて格段に上がり、動きのキレも日進月歩で良くなっていた。シルビアはそんな功一の成長を心から悦んでいた。

医師の勧めで薬の量を適切に調節し、決まった時間に服用する習慣ができていた。食生活も無農薬野菜を宅配で頼むようになり、料理の腕前がかなり向上していた。時間が取れない平日は作り置きのおかずが主だったが、休日にはオーガニックカレー、里芋グラタン、肉じゃがなどネットから探してきたレシピにトライして、手料理を楽しむことが増えた。

7月も下旬に差し掛かり、新しいホームページとパンフレットがようやく完成した。功一と総務部の社員たちは、完成した広報物のクオリティに驚きと喜びを隠せなかった。広報物には、社員や現場のスタッフの笑顔や、職場の真剣な様子が、魅力的な写真で表現されていた。社長もこれにはとてもご満悦であった。早速その週に開催された役職者会議で、役員たちへのお披露目があり、功一の株は一気に上がった。

神田は功一の手柄に嫉妬し、危機感を抱いた。功一が評価されることで、自身への注目が薄れることを恐れたのだ。社長に叱咤された直後から、神田は小川製薬への売り込みに再度力を入れた。そして、面談の機会に漕ぎつけたのはさすがだった。神田はここが最後のチャンスだと考えていた。神田は功一と共に新たなパンフレットを携えて、プレゼンテーションに出向くことにした。

小川製薬も、大塚建設を含む数社の中から発注業者を一社に絞る最終段階に入っていた。功一は、広報物がギリギリ間に合ったことに胸を撫で下ろした。

功一と神田は緊張した面持ちで小川との最終面談に出向いた。面談室で新しくなったパンフレットを隅から隅まで見つめる小川を見て、功一の心臓は高鳴った。

「素晴らしいパンフレットですね。他社のものよりも断然見やすい。何より、社員さんの表情がとても豊かだ。風通しのよい会社であることがよく解ります」

その言葉に、功一は満面の笑みを浮かべた。

「ありがとうございます！」

神田は功一の手柄を素直に喜べず、動揺していた。小川はふと目に留まったとあるページで表情を変えた。

「あれ？　これ鹿児島ですよね。これも御社なんですか？」

「ああ、そうですね」

神田はよく知らない情報であったが、白々しく適当に受け答えた。

「この建物、会長が以前えらく気に入ってましてね。……あっ、思い出した。次に新社屋を建てる時は、この設計者さんに依頼したい、とずっと言ってたんですよ」

「はあ……それは光栄です」

テンションが上がらない神田に代わって、功一は満面の笑みで告げた。「実はこれ私が造りました」

寝耳に水だったのだろう。表情が硬直した神田を尻目に、小川は興奮気味に立ち上がり、握手を求めてきた。

「そうでしたか。会長に伝えておきますよ。とても喜ぶと思います。ぜひ、御社に新社屋の設計をお願いします！」

「ありがとうございます！」

功一と小川は強く両手を握りしめ合った。あまりの急展開に、神田はその後、何も言葉を発することができなくなった。

大金星を上げて帰社した功一を、大塚と典子は大喜びで出迎えた。

「やったじゃないか、馬場君。早速設計部に戻ってプロジェクトを取りまとめてくれ。神田君もでかしたぞ。このプロジェクトが成功した暁には、取締役会議で君の昇格を検討する」

「あ、ありがとうございます」

神田は、あれだけ見くびっていた功一が、自分の救世主になるとは思ってもみなかったので、終始呆気に取られていた。社長室を出ると、神田は一人、早足で部署に戻ろうとした。仏頂面の彼とは対照的に、功一の表情は晴れやかだった。そして、神田を追いかけ、声をかけた。

「さっきは同行してくれてありがとう。私一人じゃプレゼンなんてできなかったからな」

笑顔で差し出された功一の手を、神田は苦虫を噛みつぶした顔で握り返した。手を放し、颯爽と部署に戻っていく功一の背中を見送る。彼の姿が視界から消えると、神田はそっとスマホを取り出し、電話をかけ始めた。

「おう、品川。俺だ……」

電話をかける神田の表情は穏やかだった。

36

「短い間でしたが、皆さん、お世話になりました！」

功一は深々と営業部のメンバーに頭を下げた。

「向こうの部署でも、ご活躍を期待しています」

営業部の社員たちは、各々功一に温かい声を寄せた。功一は荷物をまとめて台車に積み上げ、足取り軽く古巣の設計部に戻った。

設計部に戻ってきた功一を、社員たちは拍手で出迎えてくれた。

「おかえりなさい」大崎がそっと立ち上がり、声をかけてきた。

「いい仕事しましょう」袋も立ち上がって、功一の椅子を引いてくれた。

「アゲアゲでやりましょうよ」新橋がロックダンスのポーズを取りながら、笑顔で立ち上がった。

「僕のお祖父ちゃんもパーキンソン病だったんです。気づくことができず、申し訳ありませんでした」渋谷もゆっくりと立ち上がって、真剣な表情で語りかけた。

「お詫びするのは私の方だ。私の方こそ、一方的に考えを押し付けてしまった……」

一人ひとりから心のこもった言葉をもらい、功一は目頭が熱くなった。

「馬場さんのこと、いろいろと教えてください。チームのみんなで連携を取っていきましょう」

品川が最後にゆっくりと立ち上がって深々とお辞儀をし、社員たちの顔を見回した。

「品川君……」

自分のことを一番敵視していた品川から真摯な励ましを受け、功一は言葉に詰まった。功一は社員たちの顔を一人一人見つめ、心に秘めた自身の決意が次第に強くなっていくのを感じた。

その後、功一は会議室に部署の社員たちを集め、ホワイトボードを使って自身の病気と症状について説明した。

「今から私のパーキンソン病の症状について話させてください」

ホワイトボードに向かって、功一はまず、大きく「パーキンソン病」と書き、その下にいくつかの症状を書き出した。そこには「震え」「筋肉のこわばり」「動作の遅れ」などの文字が並んだ。

「この病気は、脳内のドパミンが少なくなることで、体の動きが鈍くなるんだ」

社員たちは真剣な表情で、功一の言葉に耳を傾けていた。

「例えば、手が震えたり、筋肉が固くなったり、動作が遅れたりする。薬でドパミンを補っているが、その効き方にも波があるので、どうしても動きが不規則になってしまうんだ」

新橋が手を挙げて質問した。

「具体的には、どういう時に症状が出やすいんですか？」

功一は、ホワイトボードにいくつかの状況を書き足しながら答えた。

「例えば、ストレスがかかったり、疲れが溜まったりすると、症状が悪化する。また、薬の効果が切れると、突然動きが鈍くなったりするんだ」

袋が続けて尋ねた。

「その時はどうすればいいんですか？」

功一は微笑みながら答えた。

「その時は、少し休ませてもらったり、薬を飲んでしばらく待ったりしている。それでも解決しない場合は、無理をせずにサポートをお願いすることがあるかもしれない」

「馬場さん、何か私たちに日頃からできることはありますか？」と、大崎が尋ねた。

「みんながこうして理解してくれることが、一番の助けになる。困っている時には声をかけるので、その際は手を貸してください」

間髪を入れず、部下たちはしっかりと頷いた。その瞬間、功一は彼らの信頼と支えを強く感じた。心の中で、これほどまでに頼りにできる仲間がいることに対する感謝が湧き上がり、胸が熱くなった。

第二設計部は、松野病院と小川製薬という二大プロジェクトを抱えることになり、第一設計部と合同でチームを組むことになった。松野病院は品川が、小川製薬は功一が責任者となり、プロジェクトの割り振りが行われた。功一は社員たちの意見に耳を傾けながら、各々の個性や得意分野を活かせるように的確に声かけを行っていった。

第9章　生きるとはダンスだ！

37

その頃、鈴涼はまもなく開催されるダンスコンテストに向けて、猛練習に励んでいた。講師の夏野は鈴涼の成長を高く評価していた。夏野自身も若くしてさまざまなコンテストで数々の賞をとってきた有名なダンサーである。彼女目当てでスクールに通っている受講生も少なからずいた。

「5、6、7、8。2、3、4」

手拍子でリズムを取りながら、夏野は受講生のダンスに目を配り、時々アドバイスを送った。鈴涼たちは彼女の指示に従い、汗だくでダンスを踊った。

「5、6、7、8。前出て、笑顔！　ＯＫ！　目線下げないよ。ラスト、ポーズ。ＯＫ！」

受講生たちがポーズを決め、一幕のダンスが終わった。達成感に満ち溢れた受講生たちの表情に、夏野は力強く拍手を送った。

「いままでで一番よかったです」

「やったー！」

「では、今度のコンテストのメンバーを発表します」

受講生たちは誰とコンビを組むのかソワソワし始めた。鈴涼は、当然のようにこのスクールに誘ってくれた同級生の穂花と一緒になりたかった。鈴涼と穂花は目を閉じ、胸の前で両手を組み合わせた。

「鈴涼。穂花とチームね！」

「よっしゃ！」

「めっちゃ楽しみ！」

二人の少女は手を合わせて、何度も飛び跳ねた。

帰宅後、鈴涼は、大の仲良しとコンビを組めたことを、家族に笑顔で伝えた。

「そう！　それは良かったわね」

「うん！　ママ、お祖父ちゃん、お祖母ちゃん、絶対に観にきてね！」

鈴涼の表情は夏の日差しのように眩しかった。けれども、祖父母はしばらく返答できず、苦渋の表情を浮かべた。

「……鈴涼ちゃん、ごめんね。その日は、半年前から決まっていた私たち主宰の町内会の慰安旅行なのよ」

「えー！　そうなの……」

鈴涼は頬を膨らませた。

「旅行先から鈴涼ちゃんの活躍を願っているからね」

「その代わり、ママがちゃんと見届けてあげるから！」

恵は両手に拳を作って、鈴涼を励ました。それ同時に、「ママが」という言葉に小さな戸惑いを隠せなかった。

（あの人も呼ばなければ……そして……）

恵はテーブルの上に置かれたカップのコーヒーを一気に飲み干した。

38

小川製薬の新社屋建設計画は順調に進んでいた。功一はパーキンソン病ともうまく付き合えるようになり、仕事も生活も順調であった。

——ただ一つのことを除いては。

家を飛び出し、一切やりとりが途絶えてしまった恵と鈴涼のことだけはどうにもできずにいた。功一は東京にやってきてからのことはもちろん、鹿児島にいた時の自分の態度をも振り返っていた。仕事に没頭して、妻や娘の話に耳を傾けなかった。自分が家庭を支えているというプライドから、横柄な態度を取っていたのも事実であった。炊事洗濯は妻がやるのが当たり前と考え、感謝の気持ちなど一言も伝えたことがなかった。

パーキンソン病とは関係なく、自分の人としてのあり方がこの結果を生み出してしまったのだと思うと、胸が痛んだ。もしかしたら、パーキンソン病にならなかったら、自分の横柄さに気がつけなかったのかもしれない……。そう考えると『PD SMILE』のメンバーである葛西の言葉――『病気に感謝』という逆説的な言い回しに深い共感を覚えた。

「いまの自分なら、やり直せる自信がある。まだ遅くない……」

そう思って恵に電話をしようとした時、突然恵からＬＩＮＥの通知が届いた。

〈恵：久しぶり。今度の日曜日に会えるかな？〉

功一は絶好のタイミングだと思って、すかさず返信をした。

〈功一：空けられるよ。東京に最初に来た時に入った品川のカフェでどうかな？〉

〈恵：11時に現地に行きます〉

久々のやりとりは短く終了したが、功一はこの機会にしっかりと詫びて、復縁をしたいと考えた。

そして、日曜日当日。ジャズが掛かり穏やかな雰囲気のカフェの中央のテーブルに、恵は腰を下ろしていた。彼女は長髪だった髪型をショートヘアに変え、まるで別人のようになっていた。功一は照れくさそうに恵のもとへ歩み寄った。

「よっ」功一が席に着きながら挨拶をすると、恵は功一を見つめた。

「久しぶり。なんか垢抜けたわね。病気の方は大丈夫なの？」

「お陰様で。薬とリハビリをちゃんと続けてるからな。食事も自分で作るようになったよ」

その言葉に恵は目を丸くした。以前とは別人の彼の装いと発言に思わず首を傾げた。店員が功一のもとにやってきて、功一はアイスコーヒーをオーダーした。

「あなたが……料理？」

恵は驚きを隠せず、功一に問いかけた。

「ああ。無農薬の野菜を中心に『ま・ご・わ・や・さ・し・い』を基本にしている。雑穀米も炊いてるんだよ」功一は笑顔で答えた。

彼に一体何があったのか――恵の疑問は深まるばかりであった。

「……驚いた。えらい変化ね」

「鈴涼は元気か？」

「うん。お祖父ちゃん、お祖母ちゃんとも仲良くやってて、もうすっかりうちの実家の一員ね」

「そうか……」

二人の間に沈黙が流れる。店員がアイスコーヒーを運んでくるが、功一はそれに手を伸ばすことができなかった。二人とも何かを切り出したかったが、お互いに牽制している雰囲気である。緊張の糸が限界まで張り詰め、ついに功一が口を開いた。

「あの時は、本当に悪かった。俺たちもう一度……」

その瞬間、恵はすかさずバッグから離婚届を取り出すと、テーブルの上にそっと置いた。功一はそれを見て硬直する。

頭が真っ白になり、言葉を失ってしまった。

「長い間、お世話になりました」

恵は深々とお辞儀をした。予想していなかった展開に、功一は動揺を隠しきれなかった。

「待ってくれ。もう一度チャンスを」

「ダメ。私、15年間よくやってきたと思うわ。鈴涼なんかよりも百倍も手がかかるあなたのお世話してきたんだから」

恵は功一に視線を合わせることなく、強い感情を露わにした。功一は俯いたままの彼女の気持ちを察しようと努めた。

「決意は固いのか？」

恵は感情を抑えて、噛み締めるように言葉を発した。

「来週の日曜日、鈴涼のダンスコンテストなの。それが私たちの最後のイベント。その時にハンコを押してそれ持ってきて。離婚の話は鈴涼にも伝えてあるから」

功一は顔を上げて、恵の顔をじっと見つめる。すれ違ってしまった関係を修復するには遅すぎた、と功一は忸怩たる思いが込み上げてきた。

「最後くらい、父親らしいことしてあげて」

その後、二人は会話を交わすことなく別れを告げた。功一は肩を落とし、項垂れるように店を後にした。

39

その夜、功一は寝室のソファに座り、静寂の中で、ぼんやりと時を過ごした。離婚を言い渡されたばかりの彼の心には重たい影が差していた。恵との最後の会話が頭の中で何度も繰り返され、胸が締め付けられる。後悔の念が何度も湧き上がり、その都度彼は頭を左右に振った。ため息をついて、家族写真の入ったアルバムを本棚から取り出し、机に広げた。ゆっくりと写真を見返し、戻ることのない過去に想いを馳せた。ふと鈴涼を撮りたいという衝動に駆られ、カメラバッグからカメラを取り出した。カメラを持った感触が、彼の心を少しだけ和らげてくれた。

目の前のアルバムには、小さい頃の鈴涼が写っている。お気に入りの写真にカメラを向けて、ピントを合わせシャッターを切った。シャッター音は静かな部屋に響き渡り、功一に一瞬の安らぎをもたらした。しかし再び訪れる静けさが、厳しい現実を彼に突きつける。

——過去は変えられない。いま自分にできることは、父親としての鈴涼の最高の瞬間を写真として留めてあげることだけだ。

そして一週間後、ダンスコンテストの日を迎えた。『PD SMILE』の中野に電話をかけて、事情を説明すると、「鈴涼ちゃん喜びますね。ここのメンバーもみんなコウちゃんのことを応援していますよ」と温かい言葉を寄せてくれた。中野の優しさに思わず目頭が熱くなった。これから独り身になるが、自分には大切な仲間が傍にいることに感謝の気持ちが込み上げてきた。

前日、離婚届を書くかどうか、最後までためらった。だが、なんとか気持ちを整理し、書き終えることができた。両親に報告もしなければと思ったが、デリケートな話を電話で伝えるのは気が引けて、鹿児島に帰省した時にしようと考えた。

功一は、カメラバッグを肩に掛け、コンテストが行われるホールに到着した。恵はすでにホールの前におり、重たい表情を浮かべていた。

「待たせたな。これ……」

功一は離婚届の入った封筒を恵に手渡す。恵は無言でそれを受け取り、中身を確認すると、すぐさまバッグに仕舞い込んだ。二人は神妙な面持ちで、ホールの中に入った。

ホール内は、半分程度の観客が着席していた。功一はホール全体を見回しながら、その広さに驚いた。恵はチケットをスタッフに見せて、自分たちの席を確認した。功一たちの後からも、続々と観客が入場してきた。彼はもっとこぢんまりとした会場をイメージしていたので、大人顔負けの規模に呆気に取られた。人混みを掻き分けて、二人は自分たちの席に着いた。

「結構、人が入ってるな」

「なんかこっちの方が緊張しちゃうわね」

しばらくすると開始のブザーが鳴り、室内が真っ暗になった。しばしの静寂の後、女性のアナウンスが開会を告げた。

「これから『第3回スーパーサマーキッズダンスコンテスト』を開催します！」

功一はソワソワして恵に尋ねた。

「鈴涼はいつ出るんだ？」

「最後らしいわよ」

「トリか……」

アップテンポな音楽が流れ始め、最初のグループが踊りだした。初めて観るダンスコンテストに、功一はまるで自分が踊っているかのような緊張を覚えた。

その頃、控室では、鈴涼が椅子に座って項垂れていた。近くで講師の夏野が、神妙な面持ちでスマートフォンを耳に当て、誰かと話している。

「……そうでしたか。いえ、とんでもないです。はい、はい、そうしましょう。では、失礼いたします」

電話を切った夏野は一瞬、厳しい表情を見せたが、泣き顔の鈴涼に目を向けると、すぐに表情を和らげ、彼女に優しく話しかけた。

「鈴涼、穂花が高熱で今日は来られないって」

「そんな……ここまで二人でやってきたのに」と、鈴涼は涙を堪えながら訴えた。

「やめることもできるけど……せっかくのトリなんだし、一人でもやってみない？」

夏野は中腰になり、鈴涼を見つめた。

「私、穂花がいないと……できない……」俯いた鈴涼の声は震えていた。

一方、会場ではプログラムが進み、すでに数グループがパフォーマンスを終えていた。

「今の子たちってこんなに踊りうまいのか……」と功一が感心していると、恵も「ほんとね。先生の教え方が上手なんじゃない」と同意した。

「俺、今のうちにトイレ行っとくわ」功一が席を立った。

控室の近くにあるトイレで用を済ませて廊下に出ると、鈴涼の声が聞こえてきた。娘の声がした方に向かってみる。すると、廊下で鈴涼が講師らしき人物と話しているのを見つけた。鈴涼は涙目で何かを必死に訴えている。功一はその光景に驚き、物陰に隠れてこっそり様子を見守ることにした。

「夏野先生、やっぱ無理です！」

鈴涼は顔をしわくちゃにさせていた。

「んー。仕方ないわね。じゃあ、出番になったら私と一緒にステージに上がりましょう。事情を説明するから、鈴涼はそこでお辞儀だけしなさい」夏野は諭すように言った。

「……分かりました」

「戻ろう」

夏野は、鈴涼の背中を優しく擦りながら、彼女と共に控室に戻った。その姿を見て、功一の心は重く沈んだ。

「どうしたの?」と、席に戻ってきた功一の表情を見て、恵が心配そうに尋ねた。

「いや……」

功一は鈴涼の気持ちを考えると、何を言えばいいのか分からなかった。その後、数グループのダンスが滞りなく行われ、ラストから二番目のグループの発表が終わった。そして、いよいよ鈴涼たちの番になり、恵の表情が華やぐ。

「いよいよね!」

しかし、舞台上に鈴涼たちの姿がなかなか見えなかった。会場が徐々にざわつき始める。しばらくすると、夏野が鈴涼を連れて壇上に現れた。二人は舞台の中央までゆっくりと歩いていく。マイクスタンドの前に辿り着くと、夏野がゆっくりと声を発した。

「大変残念ですが、馬場鈴涼さんとペアを組んでいた紺野穂花さんが高熱で会場に来ることができません。馬場鈴涼さんと紺野穂花さんのダンスは中止となりました」

会場がどよめき、ざわついた。

「そんな、あんなに頑張ってきたのに……」と恵が呟く。娘の頑張りをずっと見守ってきただけに、鈴涼の気持ちが痛いほど分かった。

功一は無言で妻と娘の様子を見守っていたが、抑えていた感情がついに爆発した。

「諦めるなよ！」

功一は思わず立ち上がり、そう叫んだ。功一の突然の行動に会場は騒然とし、鈴涼は驚いた表情で功一の方を見つめた。

「諦めたら終わりだぞ」

功一の声は会場いっぱいに響き渡った。

「あなた……」

恵は功一の腕を掴み、すかさず制止しようとした。

「やめて！　パパ、やめて。恥ずかしい」と鈴涼は泣き顔で舞台袖に逃げ去った。

「鈴涼ちゃん！」夏野はすかさず鈴涼を追いかけた。

「もしかして、鈴涼ちゃんのお父さん？」と、夏野が問いかけると、鈴涼は袖のカーテンを掴みながらゆっくり頷いた。

功一は衝動を抑えきれず、舞台へと力強く歩み寄った。

客席と舞台とを繋ぐ階段を上がり、舞台の真ん中で、袖の鈴涼の背中を見つめた。功一はゆっくり観客の方に体を向けた。

「娘の代わりに踊ります」

功一は、高らかに宣言した。

「えっ?」

夏野も鈴涼も、突然の言葉に驚愕した。会場が騒然とする中、恵も目の前の状況を受け入れられず、ただ呆然と夫の姿を傍観することしかできなかった。舞台袖では、イベントスタッフが慌てて夏野に駆け寄った。夏野はこの状況を冷静に見守っていた。そして、瞬時に何かを察知した。夏野は動揺するスタッフを冷静に宥めた。

「アップテンポの曲をお願いします!」

功一は夏野に声をかけた。夏野は一瞬戸惑いながらも「はい」と応じた。スタッフは突然の状況に困惑したが、夏野は、「私が責任をとりますので、音楽をお願いします!」と強く伝えた。スタッフは古くから世話になっている夏野の申し出なら、とPA担当に音楽を流すように指示した。

鈴涼は目の前で繰り広げられる想定外の状況に頭が追いつかない様子だった。

音楽のスタートに合わせて、功一はゆっくりと体を動かし始めた——。

最初はぎこちないステップだったが、彼の心には強い決意が宿っていた。

——自分をさらけ出すことを恐れない。

今までの自分は何かにつけて固定観念に縛られてきた。間違ったことをしてはいけないと思うと、人目が気になり、何もできなかった。今日の鈴涼の姿にも同じ呪縛を感じた。ルールから外れたら終わりだ、と。でも、生きる上でのルールは、自分で決めていいはずだ。そのことを鈴涼に伝えたかった。コンビを組んだパートナーと二人で踊れなくても、一人で踊ることだってできるはずだ。そうやって自分と向き合うことが、新たな人生を切り拓いてくれる。功一は娘に身を持ってそれを伝えたかったのである。

　アップテンポの音楽が舞台に鳴り響く。功一は音楽のリズムを体全体で受け止め、シルビアや新橋とのレッスンを思い出すように、ゆっくりとステップを踏んだ。観客全員が功一の姿を見守っている。お世辞にも上手と言えないダンスではあったが、功一は一所懸命に体を動かした。その姿に、観客は次第に心を奪われていった。

　パーキンソン病の症状で時折よろめきながらも、それでも功一は諦めずにダンスを続けた。そんな功一を観衆は固唾を呑んで見守っていた。そして、いつしか会場全体が彼のダンスに引き込まれ、手拍子が自然と起こった。袖でその様子を見ていた鈴涼は、驚きと恥ずかしさに立ちすくんでいた。

「厳しいお父さんって聞いてたけど、逆じゃない」夏野が言った。

　鈴涼は涙を浮かべながらも、その視線は父の姿に釘付けだった。

　功一のダンスのテンポが速くなると、観客の興奮もさらに高まった。手拍子がグルーヴ感を生み出しながら、功一は軽快にステップを踏んでいった。舞台はまるで一つの物語を紡いでいるかのようだった。

　夏野も会場スタッフも、一緒に手拍子をしながら、功一を励ましていた。

「せっかくだから、一緒に踊ってきなさい！」夏野は不意に鈴涼をけしかけた。

「いや……」反射的に拒否する鈴涼の背中を、夏野は強引に押しやった。

「ほら、1、2。ゴーゴー！」

鈴涼は戸惑いながらも、舞台へと歩み出た。

功一は舞台に現れた娘に気づいたが、そのままダンスを続けた。鈴涼は葛藤しつつも、目の前の状況に引き込まれるように、ゆっくりと足でリズムを取り、腕や体全体を動かし始めた。父親をチラチラと確認しながら、彼のテンポに合わせてダンスする。最初、二人の動きはチグハグだったが、次第にリズムがシンクロし、動きが重なりだしていく。観客の手拍子が大きくなると、それに合わせて二人はテンションを上げた。硬かった二人の表情は少しずつほぐれ、少し高度な技を披露し始める。恵は予想もしなかった状況に戸惑いつつも、祈るようにして二人のダンスを見守った。

そして音楽がフィニッシュを迎えると、功一は両手を高らかに掲げるポーズで締めくくった。その姿は達成感と爽快感に満ち溢れていた。鈴涼は膝を立てて座り込み、人差し指を高らかに掲げた。親子が生み出した最高のパフォーマンスに、会場は歓喜と熱気に包まれ、スタンディングオベーションが巻き起こった。

観客の興奮が渦巻く中、恵の頬を大粒の涙が伝った。あの自分勝手だった夫が娘のことを理解しようと、不器用ながらもダンスに取り組み、それを最後までやり遂げた。功一と鈴涼が共に踊る姿は、一筋の光のように感じられた。

（私、まだ諦めてはいけないのかも……）

恵はバッグから離婚届を取り出した。

舞台上の二人を見つめ、無意識にそれを両手で握り潰した。

そして、一粒の涙が滴り落ちた。

鈴涼と功一は、息を切らしながらも満足そうにお互いの顔を見つめた。交差する父娘の眼差しには、新たな絆が確かに芽生えていた。

エピローグ　YouTuber・馬場功一

その後、功一は葛西とコンビを組んで、本格的にロックダンスを始めた。最初は乗り気でなかった葛西だが、学生時代にダンス部に所属していたこともあり、ダンスの腕前は功一以上であった。

二人は、YouTubeに「パーキンソン病×ロックダンス」の自前の動画を投稿すると、予想以上にバズってしまった。その動画は、功一の会社でも話題となり、彼はまたしても時の人となった。

パーキンソン病の症状は依然としてあるものの、薬の服用と運動療法で、うまくコントロールできるようになった。疲れた時には無理をせず、しっかり睡眠を取ることを徹底していると、生活にさほど支障がない程度には動けた。

功一は、家族との時間を大切にし、隔週で三人、外に出かけるようにした。思春期の娘ということもあって、生意気な態度や横柄な言葉遣いが気になることも多々あった。しかし、苛立つ時には『PD SMILE』の中山から教わった「相手は自分の心の鏡」という言葉を思い返した。相手を変えようとするのではなく、自分のあり方を変えていく。娘とのコミュニケーションを通じて、言葉のかけ方や向き合い方を工夫しながら直していった。来年迎える50歳を前に、新たな人生の学びを授かっている感覚があった。

そんな功一の姿を、恵は近くで温かく見守っていた。功一の変化に恵はささやかな幸せを感じ、夫婦で子育てや彼の病気のことを話し合う時間が増えた。

功一は、まだ今もいろいろな課題と向き合っているが、パーキンソン病もダンスも自分の人生を大きく変えてくれる存在に変わりはなかった。そう考えると、辛かった過去の経験は、今の自分を創り出してくれる大切な出来事だったことに気がついた。

——過去は変えられる、自分の心次第で。起きた出来事はポジティブに捉えられるんだ。

功一は、YouTubeでこれからも自分たちのダンスを広く発信し続けようと考えていた。自分のあり方が、子どもの成長に反映されると信じて疑わなかったからだ。そして、チャレンジを続けることで、自分の心が磨かれていく。功一にとってパーキンソン病は、挑戦することの大切さを教えてくれた存在に変わっていたのだった。

功一と葛西は、毎週欠かさず動画を投稿し続けた。その動画は多くの視聴者に勇気を与え、彼らの人気はますます高まっていった。

そして、動画の最後は、いつもこんな決め台詞で締めくくられている。


「いまダンスをするのはあなただ！」

付録

いま談

樋口 了一

熊本県熊本市生まれ 1993年「いまでも」でデビュー。「水曜どうでしょう」のテーマソング「1／6の夢旅人2002」や、第51回日本レコード大賞優秀作品賞を受賞した「手紙～親愛なる子供たちへ～」などのヒット曲がある。一方でSMAP、中島美嘉、郷ひろみ、石川さゆりなど楽曲提供も多数手掛けコンポーザーとしても活躍している。

映画の主人公と同じく、パーキンソン病を患っているが、現在も音楽活動を続けている。

映画「いまダンスをするのは誰だ？」の制作にあたり、「主演はこの人しかいない！」という想いで口説いたのが、馬場功一を演じてくれた樋口了一さんでした。

実は映画を撮り終えて以降、そんな彼とさしでしっかりお話しする機会はなかなかなかったのですが、この度、小説の出版にあたり、お互いの想いを語り合ってみました。

古新：樋口さん、こんにちは。対談が実現でき大変うれしい思いです。本日はよろしくお願いします。早速ですが、読者のみなさんのために、あらためて樋口さんのことをおうかがいしたいのですが、パーキンソン病の確定診断を受けたのはいつごろのことですか？

樋口：２００９年ですね。その2年ほど前から、少しずつ不具合を感じていました。最初は四十肩かな、くらいに思っていたのが、だんだん身体が思うように動かせなくなることが増えたので、神経系の病気じゃないか、と考えて専門の病院を受診しました。そうしたら、パーキンソン病と診断されたんです。

古新：そのとき、どんなふうに感じられましたか？

樋口：少しホッとしたというのが本音です。ずっと正体がわからなかった不具合の原因がわかったので。

古新：映画を創るにあたって、私はパーキンソン病を抱える患者さんたち、そうですね、30人近い方にお話を聴いたんですけど、その中に「オバケと向き合っているようだった」と語った方もいました。

以前は特に、パーキンソン病について確定診断を下すのが難しかったこともあり、違う病気を疑ったり、鍼灸院に通ったりといったことに時間を費やしてしまう方が多かったようです。症状の発症から診断まで2年を要したという方も多数おられました。

現代の医学では治らない、と言われている病気だけに、じっさいに診断を受けてからは、大きなショックを受ける方も少なくありません。そんな中で、自身のメンタルを前向きな方向に持っていくことがカギになると思いますが、とくに大切なことは仲間や家族との絆だろう、と思っています。

少し突っ込んだことをお聞きしますが、パーキンソン病と診断された際、樋口さんのご家族や関係する方々の反応はどうでしたか?

樋口：その点について、妻はとてもありがたい対応をしてくれている、と感じます。診断を受ける前も、受けてからも、ずっと対応が変わらないので。手助けしてくれるのは、本当に困っているときだけなんです。

仕事関係では、あるプロデューサーが、「世間に公表すべき」と言ってくれたのが、たいへん大きな救いになりました。理由を尋ねたら、「君は表現することを生業にしているんだから、それこそもっとも表現すべきことだ」と言われました。

古新：パーキンソン病のことを公にしたことで、なにか身のまわりで変化はありましたか？

樋口：ＮＨＫのドキュメンタリー番組で取り上げてもらうことになったので、そこで公開したんです。取り繕わなくてよくなったことで、気持ちはずいぶん楽になりました。当時はなにか大きな変化がある、と思っていなかったんですけど、今も音楽を続けられているのは、あのとき公にしたからかもしれない、と思うことがあります。すべての事柄に作用・反作用というものがある、とぼくは思っています。世界に向けて自分のことを公表したことで、ぼくのもとを訪ねてくれたり、詩を送ってくれたり、いろんなアクションを起こしてくれる人が現れたんです。

古新：私自身も、パーキンソン病を抱える方たちのお話を聴く中で、やはり、いろいろな変化を経験した、という声に出会いました。映画の原案を作ってくださった松野さんも、元気なときは真面目な仕事一筋の人間でしたが、家庭ではずっと仏頂面だったそうです。それが、パーキンソン病になって、一緒にリハビリ治療と向き合う仲間ができたと語ってくれました。仕事以外の人間関係ができたことから、仲間との時間や家族との時間を大切だと思えるようになった。パーキンソン病になってよかったと語っておられました。

パーキンソン病を味方にするか、ネガティブにとらえて不平不満を社会に向けて撒き散らしたり、家族に暴言を吐いたりしながら過ごすのか、それはその人の人間性に関わる選択になると思います。パーキンソン病に限らず、難病というのはまちがいなく大変孤独な闘いだと思います。ですが、私が取材をたくさん重ねてきた経験から、映画の中では、ポジティブにとらえて病気を味方にする生き方もあるんだよ、と問いかけているつもりです。みなさんはどんな人生を選びますか、こんな生き方もあるんですよ、という生き方の選択肢の幅を広げたいのです。

樋口：音楽活動という面では、ぼくはポジティブにとらえています。パーキンソン病に罹ると脳のメモリーが足りなくなってしまうので、同時に二つのことができなくなります。ギターを弾きながら歌うということなんかも難しくなるんです。

やれることが減るというのは、繊細な表現ができなくなるということでもあります。今まで余裕があったからできた細やかな演奏や歌い方が不可能になるんです。そうなると、少なくなってしまった選択肢の中で、人になにかを伝えなきゃいけません。

いろいろできることをひけらかすんじゃなく、これしかできないというものを突き詰める表現には、鬼気迫るものがあるんじゃないかと思っています。歌うときにイメージしているのは、聴いてくれた方の心の中に、石を積むような、ケルンを作るみたいな表現ですね。

古新：そこにたどり着くまでには、やはりさまざまな葛藤があったと思うのですが……。

樋口：ちょうど熊本大震災の直後に、東京から熊本に引っ越したんですけど、そのころは本当に声が出なくて、廃業するしかない、って思っていました。
そんなとき、ラジオで偶然「永遠の嘘をついてくれ」という曲を聴いたんです。中島みゆきさんが吉田拓郎さんに書き下ろした曲です。その曲の二番にある「一度は夢を見せてくれた君じゃないか」という歌詞が自分のことを言われているようで、いきなり涙があふれてしまって。車を運転している最中だったので、事故を起こさないよう、いったん車を停めました。自分がいちばん落ち込んでいた時期だったので、それこそ映画の主人公がビルの屋上で雨に打たれて泣き崩れるシーンの気持ちと、まさにかぶったように感じられます。「諦めることを諦めよう」というドラスティックな内面の変化が起きたのはあの時ですね。

古新：そういうお話を聞くと、ある種のシンクロニシティを感じます。パーキンソン病は100人いれば100通りのケースがある、と言われるほど、さまざまな体験があるのですが、パーキンソン病という難病と向き合わねばならない孤独と、そこからどのようにして人生を切り拓いていくかという、今回の映画で描きたかったことを、樋口さんご自身がまさに体験されていたんですよね。

そもそも、樋口さんに主演をお願いしたのは、企画者である松野さんが「ぜひ樋口さんに」と強く望んでおられたからでした。私もいざ、お会いしてからは人間的な面に強く惹かれました。共に呑み明かしたりする中で見えたチャレンジ精神の美学に惚れ込んだことから、ぜひ、一緒にお仕事をしたいと思うようになりました。

樋口：最初にオファーをいただいた時には、正直迷いました。古新さんに熊本までいらっしゃってもらい、数時間お話しした後日、直筆のお手紙が届いたんです。そこには「清水の舞台から飛び降りるつもりで主演をお願いします」と書いてありました。

たくさんのみなさんが情熱を注いで創ろうとしている映画の主人公を依頼されたわけです。はたして自分にそんな価値があるのかと考えました。

でもそのときに聞こえてきたのが「表現者として生きているおまえが、自分の身に起きたことを表現できる機会をもらったのに、それを引き受けないっていうのはないだろう」という声でした。パーキンソン病を公表するかどうか迷ったときに、公表しろ、と言ってくれた人の声を脳裏に聞いたんです。

あと、面白そうな道とそうでない道があるなら、前者を選ぶことに決めている、というのもありました。

古新：映画に出るのは初めてだとうかがいましたが、引き受けてみてどうでしたか？

樋口：正直、映画ってこんなに過酷なんだって驚きました。同じシーンをとにかく何度も撮るんです。さらに、周りはすごい役者さんばかりだったので、とにかく付け焼き刃みたいな演技だけはやめよう、とひそかに思っていました。

仮にも歌い手として、20年以上やってきたので、歌詞に感情をのせる表現のスタイルというのは、自分の中にはあります。それをもう利用するしかない、と思いました。ぼくの中ではミュージカル的なイメージですね。それがどう映っていたのかはわからないんですけど。

ただ、この出演は非常に貴重な経験になったので、音楽にフィードバックすることで、表現がさらに膨らむんじゃないかと思っています。

古新：本当にたいへんだったと思います。劇映画でありながらも、今回はドキュメンタリー的に撮ろうというの狙いがあったので、難しい役を演じるというよりも、樋口さんの気持ちをストレートにぶつけてもらうことで醸し出される演技の味わいを大事にしたいと思っていました。

ただ、樋口さんはやはりアーティストなんだと感銘を受けました。現場での飲み込みは本当に早かったですね。撮影が進むごとに、演技がどんどんうまくなっていくのがわかりました。

樋口：ぼくの印象に残っているのは、会社の会議でジスキネジアが起きてしまうシーンですね。実は、ぼく自身にはジスキネジアがほとんどないので、病院で知り合った方に話を聞いてみたら「映像を撮ってきて、お見せします」って言ってくれたんです。変な話、その動きを見て感動してしまって。パーキンソン病は脳の中のアルゴリズムが狂う病気なので、ある動きをしたいのに、手や足がまったく別の方に行ってしまうということが起きるんです。見せてもらった動画は本当にダンスを踊っているようで、一つの素晴らしい表現に思えました。

古新：映画に出てくる「私は踊っているんだ」というセリフは、実は取材をさせていただいたある方のエピソードなんです。お仕事の最中にジスキネジアが出てしまって、「なぜ踊ってるんだ?」と言われたというお話をお聞きしました。

樋口：踊るという言葉にはいろんな意味がありますよね。社会や会社に踊らされているというのもあれば、人生を最期まで踊りきるとか。「私は踊っているんだ」というセリフには、そういういろんな意味があるんじゃないかと考えたのを覚えています。ぼくはガチガチの運命論者ではないんですけど、ものごとには因果律があると思っています。この病気について、望まないことや不本意なことが多いんですけど、必ずそこには理由があるんです。理由があるということがぼくを救ってくれているんです。それがなんなのか、今はわかりませんが、「理由が存在している」ということは確信できています。だから病気という荷物と向き合って、最後まで抱えていこうと思えるんです。いつか、その荷物を下ろす時がきます。この肉体を離れてからかもしれないし、治療法が見つかったときかもしれません。そのときが来たらまた、音楽をやりたいんです。

古新：この映画を創る際に、お涙ちょうだいのネガティブな作品には絶対にしないぞ、という想いがありました。私は昭和世代なので、企画が始まった時に、ディスコのイメージが頭に浮かびまして、取材を進める中で出てきたダンスというキーワードとパーキンソン病が結びついたことには、やはり不思議なシンクロニシティを感じます。

頭の中でものごとを考えると、どうしても制御がかかって、「正しいことをしなきゃ」って思いがちです。現代社会の一種の病理に思えるんですけど、ノリノリで踊るときには、すべてを忘れますよね。頭で考えるのではなく、心が躍る、自然に身体が動いてしまう、という部分が今の世の中には必要じゃないかという想いがあって、私はダンスをその象徴としてこの映画に取り入れました。

樋口：ダンスの振り付けをしてくださった先生に言われたのが、手をこうして、脚をこうして、って考えると、どうしてもかっこよく踊れないということでした。ダンスの基本は好きなように身体を動かすことなので、「身体を動かしたい」という衝動が先に来なきゃダメなんだ、と教わりました。
ただ、ダンスの出来映えだけは最後まで心残りでした。50を過ぎたおっさんが、3か月やそこら練習しただけでキラキラしていたら、逆にリアリティがなかっただろうとは思いますが。

古新：ご自身で演じられた馬場功一について、どんな人間だと樋口さんはとらえていますか？

樋口：とても弱い人間ですね。だからこそ、その弱さを人に見せたくないという二項対立を起こしている人。臆病だから、外には強さを見せようとする。そういう矛盾を統合しようと、頑張るぎこちなさがすごいんですけど、一方では自分の感情に正直な部分もあります。それがあったからこそ、最後には周囲との関係をよい方向に変えられたんでしょうね。

古新：最後にお聞きしてみたいんですけど、この映画をどんな方に観てほしいと思いますか？

樋口：自分と同じ病いを抱えている方たち、というのはもう、できている（達成している）気がします。後はなにかに行き詰まっている人、諦めようか、努力するのはもうやめようか、と思っている人ですね。
人の命は、肉体を超えて存在し続けるとぼくは信じています。だから、なにかを放り出すってことは、今回の人生で叶わないだけでなく、次の人生にも影響すると思うんです。モーツァルトやピカソみたいに、幼少期から才能を発揮するような人はきっと、同じことを3回も4回もくり返してきた魂の持ち主なんです。そう思うと、夢が叶わないなんてことはないんだってことが、伝わればいいなと。

古新：私も最初は同じように（同じ病いを抱えている人たちに観てもらいたいと）考えていたんですけど、たくさんの方にこの映画を観ていただく中で、いろいろな感想を聞くことができました。高校生の方が「大人ってたいへんなんだ」と感じたことで、親に対する見方が変わったと教えてくださったこともありました。82歳のおばあさまが私の元にやって来て、「（私の人生は）後は死ぬだけだと思っていたけど、まだまだやれることがある。新しいことにチャレンジしてみようと思った」と言ってくださったこともありました。
樋口さんが語ってくださったように、パーキンソン病に関係がない人が観ても、もしかしたらいろいろな気づきがあるかもしれませんね。

樋口：監督にお聞きしてみたいんですけど、現場でテンパりそうになったときって、どんなことを考えていますか？　これは撮影中に感じていたんですけど、スケジュールがタイトだったこともあって、監督はかなり神経を使う状況でしたよね。

古新：ありがとうございます。確かに孤独な闘いでした。でも、追い詰められてテンパりそうなときに、パーキンソン病の方がいっぱいいっぱいになってしまう感覚は、もしかしたらこういうものなのかもしれないと思うところもありました。

自分が倒れたらこの映画は全てが終わる、とずっと思っていたりもしました。そんな中で心がけたのは感謝の気持ちでした。若い頃、下積みとして参加した現場では、効率を重視するあまり、お世話になった方の厚意を踏みにじりロケ地の環境を踏み荒らしていく、みたいな映画撮影が普通だったんです。

それを踏襲していた若い頃には、スタッフが離れてしまい、苦しい思いをしました。その時の自分は、まさに馬場功一と同じです。そんな自分をリカバリーするために、やるようになったのが感謝を振りまくことでした。それによって、いい気の流れみたいなものが培われるようになったんです。

人間には悪者を探そうとするクセがありますけど、実は悪者なんていないんですよね。心に歪みがあるから、他者の一側面だけでその人が悪者に見えてしまう。そういうバイアス（偏り）を取り払って、感謝することで、いろんなことが変わります。

パーキンソン病の方を取材する中で「病気になってよかった」と話す患者さんにたくさん出会いました。普通の人の感覚ではあり得ないと思うんですけど、実際に病気がきっかけで家族との関係を修復できたり、新しいことに挑戦できたりしたという方が大勢いらっしゃいました。

病気に対して感謝し続けることで奇跡が起きる——修業を為すことでその成果が得られるみたいなことがあるようです。この映画についても、「おまえはよく耐えたから、公開させてやろう」と、神様から恩恵を賜ったようにも感じます。

では、私からも質問です。樋口さんはまた映画に出たいと思いますか？

樋口：それは、やってみたいと思うようになりました。不思議な感覚ですが。今回、出番が多くてたいへんだったんですけど、監督はもっとたいへんで、ストレスを抱えつつ、持ち堪えているぞっていうのをヒシヒシと感じました。

そういう腕っ節みたいなもので、現場が一つになるんだな、というのは大きな学びでした。

古新：ありがとうございます。この映画は目的を共にしてくれる仲間たちがいたから、創れた映画でした。映画創りの目的に共感していただけた役者さん、スタッフさんにしかオファーしていないし、逆境を受け容れ、どのようにしたらそれを乗り越えられるかの「イエス・アンド」マインドをこれからも大事にしていきたいと思っています。

小説「いまダン」　あとがき

この小説を手に取っていただき、有難うございます。この作品は、私が監督を務めた映画「いまダンスをするのは誰だ？」のノベライズです。

映画をご覧になった方には、映画では描かれなかった登場人物たちの背景が詳しく理解でき、主人公を初めとする登場人物への想い入れがより深まったのではないでしょうか。映画をまだご覧になっていない方は、この小説に登場する人物たちが、どんな空間で、どんな表情や声で描写されているのか、ますます愉しみに感じていただけたのではないでしょうか。

この作品は、私が重ねてきた取材による、いくつもの実話から構成されています。その実話の中で、作品の制作の大きなきっかけとなったのは、私の大切な友人であり、２０２２年春に逝去された松野幹孝さんの存在でした。

彼は東京の中野区で、私と長年にわたって地域活性の活動を共にしてきました。彼は長年証券会社に勤めていましたが、54歳の時にパーキンソン病と診断されました。バリバリと仕事をこなすエリートサラリーマンだった彼ですが、病いの発症により、パソコンのタイピングが難しくなったり、ダブルブッキングが連発したりしました。その結果、上司から一方的に仕事量を減らされ、時には、忘年会に自分だけが呼ばれず、社内での孤立に苦しんだそうです。その体験から、難病を抱えた方でも働きやすい職場環境を作りたいと考え、自身の体験を映画にしたいと志しました。

彼はパーキンソン病の当事者が集まるコミュニティで、自分と同じ病いに向き合う仲間を見つけました。職場や家庭以外のサードプレイス（第三の場所）で素の自分を取り戻し、その中で自主的に卓球教室を開催したり、テレビ番組に出演したりしました。そして、かねてからの夢であった映画製作を仲間たちに打ち明けることになったのです。

当初は、仲間たちから無謀だと言われながらも、運命的に映画監督である私が友人であったことから、彼の映画製作の挑戦が始まりました。彼は初めての映画製作に熱心に取り組んでいましたが、残念ながら撮影の直前に亡くなってしまいました。享年67歳でした。突然の出来事に関係者一同、驚きと悲しみに暮れました。

彼の葬儀場で、ふと息子さんが私のところにやってきて、こう告げました。

「しかめっ面だった父は、67歳でしたが、笑顔で旅立ちました。パーキンソン病になったことで大切な仲間を見つけ、やりたかった夢に挑戦できました。父はパーキンソン病になったことに感謝していたんですよ」と。そんな松野さんの想いが、この作品の映画を産み、そして小説が産まれることに繋がったのです。

映画の主演を務めてくださった樋口了一さんも、パーキンソン病の当事者です。『水曜どうでしょう』のテーマソング『1／6の夢旅人2002』や、『手紙～親愛なる子供たちへ～』といった代表作を産み出してきた彼が、本作の映画で初めて演技に挑戦してくださいました。

松野さんも樋口さんも、パーキンソン病を抱えながらも、それを自分の一つの特徴として受け容れ、人生を歩んできました。難病というのは、当事者にとって大きな課題であり、さまざまな葛藤があるに違いありません。家族はもちろん、他者と共有するには大変な壁があると思います。しかし、その壁を一人で抱え込むには限界があります。だからこそ、一緒にそれを分かち合える仲間を見つけ、その理解を広めるための行動や思考が大切だと感じています。

人間は誰しも弱い存在であるからこそ、その弱さを受け容れ、共有できる仲間を見つけることで、自分でしかできない挑戦に踏み出す強さを得られるのだと思います。松野さん、樋口さん、そして私が取材を重ねてきたパーキンソン病当事者の皆さんは、そのような存在だったと感じています。この作品を世に届けることができたのも、このように果敢な挑戦を続けてきた人たちの魂が産み出してくれたものだと考えています。

この小説を産み出す力を授けてくださいました、企画者で故人の松野幹孝さん、映画主演の樋口了一さん、制作協力をしてくださったパーキンソン病当事者のみなさん、医療監修をしてくださった師尾郁さん、建設設定の助言をしてくださった河口佳介さん、出版の機会をくださったごま書房新社の社長・池田雅行さん、副編集長・谷垣吉彦さん、ごま書房新社をご紹介くださいました村上信夫さん、装丁をデザインしてくださいました島田道子さん、装丁作業をサポートしてくださいました稲垣麻由美さん、私の作品をいつも温かく見守ってくれている『ＢＡＲ人間失格』マスターの土田拓生さん、この作品を応援してくださった全ての皆さん、そして、私をいつも支えてくれている愛方の小島希美に心より感謝いたします。

この作品が、難病の理解や、当事者の就労環境の改善はもとより、人生の課題と向き合い、孤立に苦しんでいる方々が人生を切り拓くための一つのきっかけになれましたら、これ以上幸せなことはありません。

最後に、樋口さんが日頃より伝えているメッセージを紹介します。――「人生はすべてがハッピーエンドのための通過点」――。そう、誰もが人生の主人公であり、人生はたった一つの物語です。人生はいつからでもチャレンジでき、自分と仲間を信じれば、奇跡は必ず起こせるものだと信じています。

「Give Life to Your Story!! ―物語を動かそう！―」

皆さんの人生が、この作品とともに益々輝いていきますように！

二〇二四年八月　愛方の誕生日、都内ホテルにて

古新　舜

◆著者略歴

古新 舜（こにい しゅん）

映画監督・ストーリーエバンジェリスト
コスモボックス株式会社　代表取締役CEO
株式会社アロマジョイン　社外取締役CSO
北陸先端科学技術大学院大学　トランスフォーマティブ知識経営研究領域　博士後期課程
「Give Life to Your Story! ―物語を動かそう！―」をテーマに、映画と教育の融合を通じて、大人と子どもの自己受容感を共に育んでいく共育活動を行なっている。
犬猫の殺処分問題をテーマにした映画「ノー・ヴォイス」、心を無くした女子高生と分身ロボット“OriHime”との交流を描いた映画「あまのがわ」という形で、社会課題をテーマにした作品を発表し続ける。「あまのがわ」は、第31回東京国際映画祭「特別招待作品」として選定され、海外6つの映画祭でノミネート、ロサンゼルスJFFLA2019では「最優秀脚本賞」を受賞する。2021年1月には是枝監督の「万引き家族」と並んでベトナムの日本映画祭に日本代表の1作品として選定される。
最新作は“パーキンソン病×ダンス”をテーマにした「いまダンスをするのは誰だ？」（主演：樋口了一、2023年10月公開）。本作は厚生労働省の推薦映画に選定され、ロサンゼルスJFFLA2024で前作に続いてノミネートされている。
映画監督の活動と共に、研究や教育活動をクロスオーバーで行う。文化人類学の視座を基に、関係性のあり方に注目をして、VUCA時代を生きる上で必要なマインドを幅広い世代に発信し続けている。2021年日本経済研究所、2022年日本心理学会、2023年東京労働者福祉協議会、2024年ILO国際労働機関と、産学官の領域を超えて講演で貢献している。
現在、コスモボックス株式会社代表取締役CEO、株式会社アロマジョイン社外取締役CSO、北陸先端科学技術大学院大学博士後期課程在籍。

●ホームページ　http://coneyfilm.com/

いまダンスをするのは誰だ？

2024年9月30日　初版第１刷発行

著　者　古新 舜
発行者　池田 雅行
発行所　株式会社 ごま書房新社
〒167-0051
東京都杉並区荻窪4-32-3
AKオギクボビル201
TEL 03-6910-0481（代）
FAX 03-6910-0482
カバーデザイン　島田 道子
DTP　海谷 千加子
印刷・製本　精文堂印刷株式会社

ISBN978-4-341-08870-5 C0093

imadance.com

詳細は公式HPより➡